우연한
작별

김화진 이꽃님 이희영
조우리 최진영 허진희

은밀한 작별

책깃

차례

우연한 작별 김화진 7

에버 어게인 조우리 53

휴일 최진영 85

너에게 맞는 속도 허진희 113

에이저 이꽃님 149

페페 이희영 181

우연한 작별

김화진

김화진

2021년 문화일보 신춘문예에 단편소설 부문으로 등단하며 작품 활동을 시작했다. 소설집 『나주에 대하여』, 연작소설집 『공룡의 이동 경로』, 장편소설 『동경』, 단편소설 『개를 데리고 다니는 남자』 『개구리가 되고 싶어』 등을 썼다. 제47회 오늘의 작가상을 수상했다.

연선이를 다시 만난 건 설날이었다. 하늘이 끄무레했고 굵은 눈발이 떨어지고 있었다. 우리는 자동차를 타고 마을 입구를 지나치던 중이었다. 마을 초입에는 오래된 느티나무가 서 있었다. 익숙한 풍경이었다. 마을에 들어서는 우리를 가장 먼저 반겨 주는 건 언제나 낮은 낭떠러지 끝을 오래된 뿌리로 부여잡고 가까스로 서 있는 커다랗고 늙은 나무였다. 설날이면 외가에 들렀고, 늘 그 나무를 봤다. 그 익숙한 풍경을 배경으로 낯선 두 사람이 서 있는 게 보였다. 키가 큰 여자와 건장해 보이는 남자였다. 두 사람은 담배를 피우며 이야기를 나누고 있었다. 나는 연선이를 알아보지 못했다. 먼저 알아본 것은 아빠였다.

"쟤, 연선이 아니냐?"

"연선이?"

나는 그 이름조차 낯설었다. 아빠 입에서 나온 것을 듣고서야 연선이의 이름을 불러 본 지가 아주 오래되었다는 것을 깨달았다. 연선이를 알아보고도 아빠는 차를 세워 그 애를 부르거나 하지 않았다. 우리는 그대로 나무를 지나쳐 골목으로 들어갔다. 아빠와 내가 탄 차가 연선이와 낯선 남자를 아주 가깝게 지나친 순간, 연선이가 나를 보았다는 생각이 들었다. 착각이겠지. 기분 탓이겠지. 그렇게 생각하면서도 돌아보고 싶었다.

아빠와 내가 마당으로 들어섰을 때 외숙모와 할머니는 이미 점심상을 한가득 차려 놓고 우리를 기다리고 있었다. 늦은 점심을 먹고 감을 깎아 먹고 있는데 할머니가 말했다.

"결혼한다더라."

결혼? 누가요? 나는 눈을 동그랗게 떴다. 이에 짓이겨진 감은 조금 떫었다. 연선이지 누구야, 하고 할머니가 감을 깎으며 대답했다. 그만 깎아 할머니……. 제발……. 할머니를 말리면서 나는 제법 설날에 들을 법한 소식을 들은 것이 어쩐지 신기해 거듭 그 말을 굴려보았다. 결혼이라니. 그러다가 그만 나도 모르게 입안에서 굴리던 말을 소리 내어 말했다.

"결혼하는구나. 어른이네."

"여기는 벌써 왔다가 갔어. 저기 고모할머니네랑 다 들러 인사하고 간다고."

빈 접시에 깎은 감을 다시 채우며 이번엔 외숙모가 연선이 소식을 거들었다. 인천 어디에서 일을 해서 식도 그곳에서 한다고 했다. 오, 이제 인천에 산대요? 재채기처럼 묻는 나를 향해 할머니가 고개를 끄덕였다. 할머니는 웃으며 가칠가칠한 손바닥으로 내 뺨을 쓸었다.

"연선이 보다가 널 보면 애기 같애. 그저 애기 같애."

"나도 그래, 할머니. 언니라고 부를까 봐."

할머니가 기가 차다는 듯 어이고, 하며 웃었다.

"너는 결혼 안 하냐?"

벼락같은 물음이 들려와 바깥을 보니 이모부였다. 안 그래도 점심 먹으며 아빠가 다들 어디 갔어요? 하고 묻자 할머니를 대신해 외숙모가 대답했었다. 먼저 먹었지! 애저녁에 먹고 강아지 데리고 한 바퀴 돌고 온다고 나갔지.

이모부와 나는 현대 문학으로 전공이 같았다. 이모부는 국문학 강사로 마흔 초반까지 청주, 원주, 광주 등 여러 지방 대학에 강의를 나갔는데, 어느 설날엔가 갑자기 하던 모든 강의를 그만두고 목수 일을 시작했다고 말해 나를 놀라게 했다. 뼛속까지 얌전할 것 같은 외모와 나직한 목소리를 지녔는데 예상외로 늘 싱글싱글 웃는 얼굴로 진담도 농담 같은 말투를 구사했다. 오래 해 온 강의를 그만두고 목수 일을 하게 됐다고 말했을 때에도 이모부는 인생에서 밀려난 적 없다는 듯 만족스러운 표정을 짓고 있었다.

해서는 안 될 질문이라는 걸 제일 잘 아는 사람이, 그런 질문을 해 놓고도 만족스러운 듯 웃고 있었다. 그

와중에 한 손으로는 강아지 목줄을 잡고, 나머지 한 손으로는 이모의 손을 꼭 잡고 있었다.

"저 이제 박사 들어가요."

나는 가능성 없음을 알리는 표정을 지으며 대답했다. 이모부는 여전히 싱글싱글 웃으며 탄식했다.

"큰일 났다. 고학력 백수가 되겠구나."

"저도 나중에 목수 시켜 주세요."

"이거 아무나 하는 일 아니다, 너."

나를 놀리는 것 같아서, 나는 대답하지 않고 웃었다. 이모부니까 웃어 주는 거예요, 하는 표정으로 웃었는데 전달이 됐는지는 알 수 없었다. 나는 인터넷 커뮤니티나 SNS를 한 번만 훑으면 심심치 않게 접할 수 있는, 명절에 모였는데 친척 어른들에게 무시와 동정을 한 번에 받았다는 에피소드나 스스로의 처지를 자학하며 놀리는 등의 대학원생 개그를 아주 싫어했다. 그런 건, 바깥에서 보면 아무 의미 없는데 스스로를 귀엽게 여기는 자기 연민과 자기애가 뒤범벅된 포즈라고 생각했다. 그건 대학원생이 처한 구조의 터무니없음이나 구조가 지닌 폭력성을 의식하고 분노하는 일과는 상관없게 느껴졌고, 그리고 무엇보다도 끊임없이 반복되는 레퍼토리가 지지리도 재미없었다. 대학원생 개그를 기피하는 마음을 더 파고들어 가 보면, 어렸을 때부터 품고 자라 온 이상한 쪽의 진지함 같은 것이 있었다. 나는 자조할 여유도 쥐어짤 재미도 없을 만큼 선택한 공부를 좋아했고, 불안했다. 나에게 대학원은 돌이킬 수 없는 선택이었고 그래서 농담할 여유 같은 게 없었다. 내가 한 선택을 내가 놀리는 그런 일을 할 용기도 없었다. 뭐라도 될 거야. 함부로 겁내지도 말고, 진부하고 진부해진 대학원생 자학 개그도 하지 말자. 그것은 대학원에 가겠다는 선택을 할 때 스스로에게 했던 약속이었다.

"그런데 어디 다녀오세요?"

"절에. 묵언 마을 돌고 왔다."

이모부가 이모의 머리에 쌓인 눈을 떨어내며 대답했다. 아, 거기 좋죠. 내가 건성으로 말하자 이모가 아쉽다는 듯 덧붙였다.

"일찍 왔으면 같이 갔을 텐데, 너도 거기 좋아하잖아."

할머니와 외숙모는 아직도 연선이에 대한 이야기를 하고 있었다. 나는 안 듣는 척하며 외숙모의 말에 귀를 기울였다.

"연선이 걔가 갓 회사 들어갔을 때 한번 만났잖아요. 그런데 그때는 앉아서 일만 하는지 어쩌는지 살도 찌고 화장도 안 하고, 아주 푹 퍼졌더라구. 넉살은 또 얼마나 좋은데, 그걸 지두 알아. 신입으로 들어갔는데 선배들이 자기 보고 아주 10년 차 같다고 하더래. 스물셋에 아줌마 다 된 것 같았다니까. 그런데 거기 그만두고부터는 어려서 그런가, 살도 금방 빼데? 그러더니 아주 이뻐졌어. 애기 때부터 예뻤잖아? 애가 원래 몸이 길쭉길쭉했잖아요. 잘 어울려, 둘이! 그 남자애는 뭘 한다더라? 연선이 다니는 그 문화 어쩌구 옆 어디가 직장이랬는데……."

나이보다 빨리 크는 여자애들이 있다. 외모도, 태도도. 나는 둘 다 늦는 편이었다. 외모도 애스러웠고 어디에든 적응이 느렸다. 그런 속도 차는 늦는 애들이 더 민감하게 알아차리기 마련이다. 연선이는 뭐든 먼저 알고 있는 것 같은 애였다. 모두가 처음인 곳에 가도 저 혼자 예전에 한 번은 이곳에 다녀갔던 것처럼 보였다. 아무것도 어려워하지 않는 사람. 삶에서 마주치는 온갖 뜀틀을 겁 없이 넘어 버리는 사람. 내가 가장 부러워하는 유형의 사람. 어떻게 그럴 수 있지. 나는 감탄하며 연선이의 눈길이 닿았던 자리를 뒤늦게, 애타게 훑기 바빴다. 연선이는 나의 외사촌이었다.

어릴 때 춤을 배웠던 연선이는 팔다리가 길었다. 팔다리가 길어서 춤을 배우게 했던 건지, 춤을 배워서 팔다리가 길어진 것인지 선후 관계가 늘 궁금했다. 춤을 배운다는 사실 자체만으로도 나는 입을 딱 벌렸다. 피아노도, 수학도, 영어도 아니고 춤을 배운다니. 어떻게 춤이 배우고 싶었을까? 방과 후에 영어가 배우고 싶은 나와 춤이 배우고 싶은 연선이는 어떻게 다른 걸까 하는 문제를 진지하게, 평생에 가장 진지하게 고민했었다. 열한 살 때였다. 나는 어떤 연선이를 떠올리면 동시에 그때 나의, 우리의 나이가 정확히 떠올랐다. 스무 살 이전까지만. 그 이후로는 나이를 떠올릴 수 없다. 스무 살 이후 내 곁에는 연선이가 없었기 때문에. 오래된 아파트의 복도 쪽으로 난 창이 있는 연선이의 방에서, 연선이는 나에게 그날 배운 춤 동작을 보여 주곤 했다. "가수나 모델이 될 거야." 학교를 마치고 돌아온 오후였고 햇살은 진하고 따뜻했다. 그 말을 하는 연선이의 표정이 자신만만했다.

　나의 수많은 처음에 연선이가 있었다. 다리 사이의 갈라진 틈을 문지르면 기분이 좋다는 것도 연선이에게서 배웠다. 연선이는 춤을 추고, 나는 종합장에 그려져 있는 공주와 요정을 따라 그렸다. 그러다가 지루해지면 낮잠을 잤다. 잠에서 깨면 우리는 아직 완전히 달아나지 않은 잠기운을 느끼며 나란히 누워 자위를 했다. 한 번, 두 번, 세네 번도 가뿐했다. 그건 아주 쉬워서 즐거웠다. 그러다 보면 다시 잠이 왔다. 나를 데리러 온 엄마나 간식을 가져다주러 온 외숙모가 방문을 열었을 때 우리는 종종 원피스를 가슴까지 올리고 자고 있었지만, 엄마와 외숙모는 그저 말려 올라간 원피스를 내려 주며 우리를 깨울 뿐이었다. 우리는 한 번도, 아무런 의심도 사지 않았다.

엄마 없이 옷을 고르고 사는 법도 연선이에게 배웠다. 옷을 사러 서울까지 간다는 것도, 거기까지 운전을 해서 데려다주는 엄마가 세상에 존재한다는 것도 연선이 덕분에 알게 되었다. 연선이가 함께 가야 한다고 우겨서 옷을 사러 간 곳은 반포 지하상가였다. 지하상가라는 곳이 어디에나 있을 법한 곳이면 있다는 것을 그때는 몰랐다. 연선이는 내가 고른 거의 모든 옷에 퇴짜를 놨다. "어유, 바보야. 이런 거. 이런 게 예쁜 거라고." 나를 답답해하면서도 자기가 고른 옷을 대 주며 "봐, 예쁘잖아." 하고 온 얼굴로 웃었다.

연선이의 엄마는 백화점 여성복 브랜드 매장에서 일했다. 연선이가 어른 여자의 옷에 관심이 많은 것은 너무나 자연스러운 일이었다. 나의 엄마는 나에게 그런 걸 가르쳐 준 적이 없었다. 엄마는 학습지 방문 선생님이었다. 얇고 팔랑이는 수학, 한자, 국어 학습지가 가득 담긴 가방을 옆 좌석에 싣고 안양과 산본과 과천 일대를 돌았다. 운전석 옆 보조 좌석에 쌓인 학습지 더미는 내가 중학교에 들어갈 때까지 사라지지 않았다.

나의 엄마는 옆 좌석에 딸을 태울 수 없었다.

열세 살 때 반포 지하상가에서 자신의 번호를 따 간 남자애와 만나기로 했다는 것도 연선이는 나에게 털어놓았다. 그 얘기를 하며 연선이는 굳이 "너한테만 말하는 거야." 하고 강조했으나 유달리 나라서가 아니라 그냥 그때였기 때문이라고 생각하고 있다. 가족이 가장 친한 친구가 될 수 있다고 믿던 때. 동갑 외사촌이 가장 가까운 사이라고 믿던 때였기 때문에. 그 남자애를 만나기로 한 날 연선이는 나를 만난다고 하고 반포에 가기 위해 버스를 탔다. 연선이는 버스 안에서 나에게 문자를 보냈다. 야, 우리 같이 있었던 거야. 학원가에서 서점이랑 문구점 좀 들렀다가 배고파서 떡볶이 먹으러. 알았지? 울 엄마가 물어보면 이대로 말해 줘야 돼. 나는 영 내키지 않는 마음으로 으응, 하고 답장을 보냈다. 혼자서 서울에 가다니, 연선이보다 내 가슴이 더 크고 빠르게 쿵쾅거렸다. 물론 두려움으로. 나는 겁이 많았으므로. 당부의 문장이 끝나자 바로 자랑이 이어졌다. 중학교 2학년인데 진짜 잘생겼다, 서울 살고, 내 사진을 달라길래 줬더니 바로 만나자는 거야, 반포에서 만나기로 했어⋯⋯. 그렇게 쉼 없이 날아오던 연선이의 문자는 어느 순간 끊겼다. 오후 내내 나는 안절부절못했고, 다시 연락이 되었을 때 연선이는 엉엉 울었다.

그날 이후 오랜만에 우리 집에 놀러 온 연선이에게 나는 떡볶이를 만들어 주며 그때의 일을 물었다. 국물이 졸아붙은 떡볶이를 두 개씩 포개 찍고서 입안으로 밀어 넣으며 연선이는 아무렇지 않은 말투로 대답했다.

"아 그때? 놀이터에서 만나서 한참 뻘쭘하게 앉아 있다가 노래방에 가자길래 갔더니 그 오빠가 내 가슴 만지고 다리 사이에 손 집어넣었어. 처음에 얼떨떨해서 딱 굳어 있었다? 그러다가 정신이 들어서 하지 말라고 밀쳤는데도 계속 허리 끌어안고 지랄하는 거야. 마이크랑 탬버린 집어 던지고 나왔지. 소리 지르면서. 나중에 전화하길래 받아 보니까 미친년이 어쩌고 하면서 욕을 하는데 재수 없어서 막 눈물이 나는 거야. 그래서 운 거야, 괜찮아. 근데 이거 아무한테도 말하면 안 돼, 알았지? 비밀이야, 알았지?"

중학교에 입학했을 때도 나는 연선이를 보고 유행하는 머리 모양과 교복 핏과 신발 브랜드를 알았다. 다른 아이들 모두 그랬을 것이다. 그런 연선이의 이름까지 칭송하던 아이들이 있었다. 연선이 이름 너무 예쁘지 않니? 하고. 나도 그랬다. 나는 왜 우연선이 아니라 이효정 같은 흔한 이름을 가진 건지 엄마 아빠를 원망하고. 이름 앞 두 글자만 부르는 것이 친밀함의 척도이던 때였다. 연선이와 친한 아이들, 친한 것처럼 보이는 아이들, 친해지고 싶은 아이들이 은밀한 과시와 간절한 기대를 담아 연선이를 '우연!'이라고 불렀다. 나를 '이효'라고 부르는 친구는 아무도 없었다. 이름의 앞 두 글자를 따서 불러도 그렇게 예쁘다니. 축축한 패배감이 들었던 것을 잊지 못한다. 연선이는 또래 사이의 유행과 인기를 누리기 위해 태어난 아이처럼 보였다.

나는 늘 연선이가 버리고 가는 것들을 주워 들고 내내 살펴보는 역할을 맡은 것 같다는 생각을 했다. 늘 나보다 빨리 가는 아이. 나는 조금 느렸고, 연선이는 빨랐다. 보폭의 차이가 누적되면 어마어마한 거리가 생긴다. 우리 둘은 너무 달랐고, 그래서 언젠가 이렇게 멀어지게 될 것이란 걸 그때는 몰랐다. 아니, 알았나.

중학교를 다니는 내내 연선이를 보고 싶을 때도 보고, 보고 싶지 않을 때도 봤다. 외고, 과고, 민사고, 심지어 자사고라고 부르는 자립형 사립 고등학교에 진학하는 게 유행이던 때였다. 우리는 같은 신도시에 살았는데 나는 학원가 가까이에 살았고 연선이는 역 근처에 살았다. 걸어서 오갈 수 있는 거리는 아니었고, 연선이가 우리 집 근처까지 오려면 버스를 20분은 타야 했다. 그런데도 우리는 함께 학원을 다녔다. 근처의 의왕, 산본, 과천, 수원의 중학교를 다니는 애들도 전부 방과 후 학원가로 모였기 때문에 그게 멀다고도 할 수 없었다. '학원가' 같은 이름을 지닌 곳은 몇 없다는 걸 그때는 몰랐다. 어느 동네에나 그런 게 있는 줄만 알았다. 말 그대로 긴 거리 하나가 통째로 학원이었다. 마주 선 도로 양옆으로 세워진 건물에는 간혹 입점한 분식집, 카페, 휴대 전화 대리점을 제외하고 전부 다 다른 학원이 들어와 있었다. 수십 개의 학원으로 가득 찬 건물 앞에는 수십 대의 학원 버스가 언제나 진을 치고 있었다.

그중에서도 1교시부터 6교시까지, 학교가 끝나면 다시 학교처럼 시작하는 종합 학원이 유행이었다. 종합 학원은 10층짜리 건물을 2층부터 10층까지 사용했다. 초등학생부터 고등학생까지 반을 나눠 전 과목을 수업하는 방식이었다. 연선이도 나도 그 학원에 다녔지만 반이 서로 달랐다. 쉬는 시간에 3층 매점에서 모카 크림빵을 물고 단어를 외우고 있으면 키가 크고 눈빛과 표정이 다른 아이들이 내 어깨를 치고는, 너 연선이 친척이라며? 이름이 뭐야? 하고 묻고 가는 일이 몇 번이나 있었다. 간혹 내 휴대 전화 번호를 묻고는 제 휴대 전화에 입력해 가기도 했다. 나에게 올곧게 오는 관심이 아니라 나를 경유해 연선이에게로 가는 관심과 과시였다는 걸 그때는 몰랐다. 아니, 알았나.

학원이 끝나면 연선이와 나란히 서서 버스를 기다렸다. 나는 버스를 타지 않지만 연선이가 자기 버스가 올 때까지 기다려 달라고 했기 때문이다. 연선이는 매번 나의 팔에 팔짱을 끼고 애교를 부리며 조금만, 조금만 더 기다려 달라고 했고 나는 내 팔에 닿는 연선이 팔의 마르고 길고 서늘한 느낌이 좋아 매번 그러겠다고 했다. 내 팔에 느슨하게 팔짱을 끼고 연선이는 주로 다른 애들과 인사를 나눴다. 중학생 중에서 독보적으로 키가 크고, 목소리가 낮고, 그래서 성인 남자에 가까운 외양을 지닌 남자애들이 연선이의 머리나 팔이나 허리를 툭툭 치고 지나갔다. 연선이는 활짝 웃으며 죽이겠다고 소리를 질렀다. 연선이에게 알은척을 하고 시끄럽게 구는 일이 몇 번이나 반복되는 동안 나는 버스를 놓칠까 봐 묵묵히 차도를 바라보았다. 연선이의 팔에 걸린 내 팔이 불편하게 흔들리는 것을 참으며. 그러고 나면 나는 집에 돌아와서 노트를 펴 놓고도 아무것도 적지 않은 채 어른 같은 애들과 투닥이던 연선이의 또렷한 눈매를, 시원스러운 입가를, 쭉 뻗은 팔과 길고 예쁜 손가락을 떠올렸다.

연선이가 싫지만 좋았다. 보기 싫었지만 보고 싶었다. 그게 내 솔직한 마음이었다. 그 애를 좋아했지만 좋아하기가 너무 어려웠다. 연선이와는 늘 단둘이 있고 싶었다. 오후의 볕으로 몸을 덥히며 조금씩 잠들어 갔던 어릴 때처럼. 그러나 연선이와 함께 있으면 방해하는 것투성이였다. 사방에서 쏟아지는 눈빛, 나를 통과해서 곧장 연선이에게 도착하는 정제되지 않은 눈빛들. 그리고 연선이의 머리를, 팔을, 뒷목을, 허리를 쿡쿡 찌르고 치고 쓰다듬고 지나가는 장난으로 포장한 끈끈한 손길들. 나는 그것들을 목격하는 것이 힘들었다. 왜 힘들었는지, 알지만 알고 싶지 않았다. 단순히 유일한 단짝을 다른 친구들과 나눠야 하는 데서 오는 순수하고 담백한 이유는 아니었다. 그렇다고 마냥 질투하고 멀리하기에 연선이는 어딘지 마음이 쓰이는 애였다. 그렇게 어른스럽고 아무것도 힘들어하지 않는데도 그랬다. 질투와 혐오 사이, 그 어디쯤 내 마음이 있었다.

연선이의 엄마, 내가 외숙모라고 부르던 사람은 골격이 크고 이목구비가 컸다. 연선이는 외모도 분위기도 엄마 쪽을 더 빼닮아 있었다. 커 갈수록 더 그랬다. 어딘지 흐릿해 보이는 인상이었던 나는 눈이 크고 콧대가 서 있는 연선이 모녀의 생김새를 부러워하면서도 언제나 외숙모를 조금 무서워했다. 젊었을 때 더 예쁜 외모였을 것 같은 외숙모는 체격이 건장해서, 연선이는 언제나 엄마의 골격을 닮아 자기도 어디가 너무 크고 어디가 둔해 보인다며 투덜거렸다. 외숙모는 연선이가 열일곱 살 때 연선이의 아빠와 이혼했다. 성가시고 번거로운 이혼을 진행하는 시간 동안 연선이는 엄마의 애인과 2주에 한 번 저녁을 먹어야 하는 게 가장 짜증 난다고 했다. 외국 커플처럼 구는 게 제일 짜증 나. 연선이가 자기 엄마에 대해 한 코멘트는 그게 전부였다. 아니다. 하나가 더 있다. 열대여섯 살 무렵에 나는 어쩌다 보니 종종 연선이의 무리에 휩쓸려 카페, 노래방, 공원을 맴돌게 되었는데, 그날은 세 곳 중에서도 동네의 어느 공원이었다. 지나다니는 사람이 적었고, 연선이의 친구들은 익숙하게 담배를 피우며 새우깡 같은 과자에 맥주와 소주를 마셨다. 시간이 어느 정도 흘렀는지 알 수 없었는데, 어느새 취한 연선이가 내 어깨에 기대어 말했다.

"엄마 닮아서 남자를 너무 좋아할까 봐 무서워."

남자를 좋아하게 될까 봐 무섭다고 한 건 연선이였

지만, 그 말을 듣고 정말로 속이 뜨끔하게 두려웠던 건 나였다. 그 고백은 내가 뱉은 거나 다름없었다. 연선이가 나보다 솔직했을 뿐이었다. 남자의 애정과 관심에 목말랐던 건 나였다. 오히려 연선이는 그 관심과 호감이 너무나 당연하고 풍요로워 끊임없이 연애를 하면서도 진심으로 그것이 필요해 보이지 않았다. 굶주린 쪽과 배부른 쪽의 차이라고 해야 할지, 너무 진지한 쪽과 덜 진지한 쪽의 차이라고 해야 할지 모르겠지만 어쨌든 우리는 그렇게 같으면서 달랐다. 누군가에게 애정을 보내고 받는 일을 배우는 나이에 나의 비교 대상은 언제나, 너무나 연선이었다.

발신 번호 표시 제한이 유행이었다. 학원 수업이 끝나 혼자 가방을 챙기고 있는데 발신 번호 표시 제한으로 전화가 왔다. 중학교 때의 발신 번호 표시 제한은 무서운 일이기보다 왠지 설레고 재미있는 일이었다. 전화를 거는 일이 익숙하지 않은 나이. 누가 나에게 전화를 걸어 준다는 사실에 두근거릴 때였다. 여보세요? 남자애 목소리였다. 목소리가 들리는 곳은 웅웅 울리고 웅성거렸다. 여러 명인 것 같았다. 한참을 킬킬거리던 주위에서 안녕, 하고 장난기 어린 인사를 던지기도 했다. 누구세요? 다시 한번 물었을 때 그 말에 대답도 않고 남자애가 말했다. 니가 이효정이지? 연선이 친척? 맞어? 쉬고 갈라진 남자애 목소리. 나는 침을 꼴깍 삼키고 대답했다. 맞는데. 너 누구야? 내 목소리는 생각보다 떨리게 나왔고 저쪽에서 웃음이 와락 터져 나왔다. 숨을 들이마시는 순간 남자애가 대답했다. 알 거 없는데? 너 왜 반말이야. 그 말을 듣자 귀가 뜨겁게 달아올랐다. 양 뺨에도 열기가 모이는 것이 느껴졌다.

휴대 전화를 쥔 손에 힘이 들어갔다. 심장이 쪼그라드는 느낌이었다. 그게 수치심이었다는 걸 나중에야 알았다. 당황해서 한동안 대답을 못 하자 또다시 저들끼리 떠들기 시작했다. 노랫소리도 간간이 섞여 들었다. 노래방인 것 같기도 했다. 가까스로 숨을 골랐다. 날벼락 같은 통화를 끝내고 싶었다. 뭐 하자는 거야. 용건 없으면 끊는다. 그러자 다급하게 전화를 바꾸는 기척이 들렸다. 야, 야, 야, 야 잠깐만. 할 말 있어. 진짜 있어. 있잖아, 우연선은 예쁜데 넌 왜 그렇게 생겼어? 친척이라며. 그 말을 듣는 순간 나도 모르게 휴대 전화를 닫아 버렸다.

 진작 끊을걸. 왜 듣고 있었지. 뭘 기대했던 거지. 뭘 기대했긴. 한밤에 전화가 와서 두근거렸다. 가슴이 쿵쿵거리고 눈물이 고였다. 숨이 막히는 것 같았다. 그렇게 밑도 끝도 없는 공격은 처음이었다. 그 생각을 하자마자 다시 아니라는 생각이 들었다. 처음인가. 아닐 것이다.

 중학교를 졸업하기 직전 나는 연선이 무리와 잘 어울리는 남자애들 한 무더기와 같은 반이 된 적이 있다. 그들은 언제나 모르는 애들에게 말을 거는 데 자신감이 넘쳤고 나에게도 그랬다. 학기 초 그 무리 중 한 명과 나는 짝이 되었고, 쉬는 시간마다 그 애를 중심으로 남자애들이 몰렸다. 그 애들은 자기들끼리 교실이 떠나가라 시끄럽게 굴고, 상관없이 지나가는 애들을 놀리며 또 자지러지게 웃고, 그러다가 옆자리에 앉은 나에게도 말을 걸었다. 유구하게 들어 온 인트로였다. 야, 니가 우연선 친척이라며? 오 진짜? 신기하다, 봐봐. 나는 대화의 소재일 뿐이었고 그렇게 사람을 툭툭 친 뒤 그들의 관심은 다시 연선이와 얽힌 자기들 무리에 대한("존나 웃기지 않았냐 그때?") 이야기로 넘어갔지만, 나는 언제나 긴장했다.

그리고…… 같은 또래의 한 무더기 남자애들이 동시에 나를 쳐다볼 때, 그 무례를 관심으로 생각하고 로맨스를 상상했다. 언제나 그랬다. 날 좋아해 줘, 하는 마음은 포기가 잘 되지 않았다. 그렇게 다가왔지만 나를 좋아해 줄 여지가 있지 않을까, 그런 마음을 품고 살살 그들의 비위를 맞추며 그 질 낮은 장난들을 다 받았다. 그들이 내 머리를 헝클어뜨리면 헝클어뜨리는 대로, 옆구리를 쿡쿡 찌르면 찌르는 대로. 언젠가 교실에 놀러 와 킬킬대던 남자애가 복도에서 마주쳐 어 연선이 친척! 하고 껄렁이며 손을 들어 인사만 해도. 그 남자애들 무리가 나에게 말을 걸면, 교실 안의 다른 아이들도 나를 쳐다봤다. 그런 관심이 좋았다.

그러던 남자애들이 내가 지나갈 때마다 수군거리기 시작한 건 내 옆자리에 앉았던, 그 무리의 대장 격이던 남자애가 어쩐지 나를 싫어하게 되기 시작했을 때부터였다. 서로 얼굴을 익힌 짝의 친구들은 복도를 걷다 나와 마주쳐도 어이 연선이 친척! 하고 부르며 장난을 걸지 않았고 내가 도서관에서 빌린 책을 가리키며 비웃었다. 뭐야, 뭔 책이야? 찐따 아니야? 남자애들 무리는 이제 내 옆자리에 모여들어 놀지 않았다. 교실 뒤편으로 가 큰 소리로 말했다. 된장 냄새. 쟤 발에서 된장 냄새 나. 마지막 시비는 조용하고 강했다. 짝이던 남자애는 시종일관 내가 마음에 들지 않는다는 표정을 짓다가 말했다. 야, 우연선이랑 친한 척하지 마. 그럼 뭐라도 되는 줄 아냐? 그 어이없는 공격에도 나는 그저 조용히 엎드렸다.

그동안 줄곧 이런 태도였는데 왜 알아채지 못했지. 눈치 없는 내가 바보였다. 그걸 몰랐다니 내가 어리석었다. 그런 생각이 초를 다투어 머릿속으로 밀려들었다. 차가운 심정으로 돌아본 나는 우스꽝스러웠다. 남들에게 우스꽝스럽게 보이는 것. 그건 그때나 지금이나 내가 가장 끔찍해하는 일이었다. 그런 종류의 감정을 두려워하게 된 것, 그리고 그걸 두려워한다는 걸 내가 알게 된 것 모두 그때 이후라고 기억하고 있다. 수치심은 그렇게 강렬히 남았다. 나는 생을 통틀어 가장 두렵고 힘들었던 순간을 중학생 시절로 기억하고 있다. 또래들을 가장 무서워했다. 제발 졸업하고 흩어지고 싶다, 이 좁은 바닥에서 벗어나 조금이라도 멀리. 모르는 사람들과 지내고 싶다, 하는 생각은 중학교 때 굳어졌을 것이다.

내가 그 시기를 어떤 다른 친구들에게 기대어 건너왔는지, 잘 기억이 나지 않는다. 교실에서 음악실로 이동 수업을 하기 위해 혼자 계단을 내려가던 나를 잡고 너에겐 아무런 냄새가 나지 않는다고 말해 준 친구도 있었으나 나는 그 친구의 이름을 기억하지 못한다. 물론 얼굴도. 내게 중요한 건 언제나 내게 상처를 주는 쪽에 선 이들의 얼굴과 이름이었다. 나는 연선이처럼 되고 싶었고 연선이에게 호감과 관심을 노골적으로 보내는 그 남자애들의 시선을 받고 싶었다. 벌써 10년도 더 지나, 그런 게 다 뭐가 그렇게 중요하냐고, 그땐 중요한 걸 하나도 몰랐다고 웃으며 얘기해도 그때 그런 것은 그런 것. 내가 했던 생각과 내가 느꼈던 수치심 같은 걸 지울 순 없다. 다른 걸로 가릴 수도 없다.

그리고 그들이 무례하다는 것을 생각할 새도 없이 치가 떨리는 마음은 연선이에게 돌아갔다. 연선이가 밉고 꼴 보기 싫고 원망스러웠다. 그만 좀 엮였으면 좋겠다고 생각했다. 내가 친척이고 싶어서 친척이냐고, 도대체 우연선이랑 나랑 무슨 상관이냐고. 그러나 나는 그 울분, 혐오감, 자격지심을 연선이를 포함한 누구에게도 이야기하지 못했다.

그 이후로 나는 연선이와 연선이의 친구들을 만나지 않았다. 연선이가 보내오는 문자와 전화를 피했고 차츰 그들 무리가 가는 곳에서 슬쩍 빠졌다. 학원과 독서실을 옮겼다. 고등학교에 들어가도 제발 그 애들과 마주치지 않기를, 하고 매일 밤 기도했다. 내가 마주치기를 피하자 연선이는 울었다. 효정아 왜 그래, 내가 뭐 잘못했어? 내가 또 싸가지 없게 말했어? 하며 아이처럼 울었는데 그때마저 예뻤다. 아니야, 그냥, 시험공부 때문에 바빠서. 그렇게 눙친 뒤 연선이를 달랬다. 얼마나 열심히 울었는지 교복 등이 땀으로 다 젖어 있었다. 팔이 저리도록 등을 토닥여 주자 연선이는 다시 의심 하나 없는 얼굴로 돌아갔다. 내일 봐! 주말에 애들이랑 같이 노래방 가는 거다! 나는 입을 다물고 고개를 끄덕였다.

그 주말에 내가 정말 연선이와 연선이의 친구들과 함께 다시 어두컴컴한 노래방에 앉아 있었는지, 그 기억은 선명하지 않다. 하지만 상관은 없다. 그때 거기에 갔더라도, 가지 않았더라도 우리의 관계는 결국 지금과 같았을 테니까.

───

연선이는 고등학교 입학을 앞두고 분당으로 이사를 했고, 분당의 고등학교에 들어갔다. 대입을 위해 미술을 시작했다는 소식도 들었다. 그때 나에게는 더 이상 연선이와 겹치는 친구 무리는 남아 있지 않았다. 나는 그렇게 바라던 대로 다시 연선이와 둘만 만날 수 있게 되었다. 그러나 바라던 때가 너무 늦게 왔다는 것, 다시 오지 않는 게 차라리 더 나았을 뻔했다는 것을 깨닫는 데에는 그리 오랜 시간이 걸리지 않았다.

열일곱 살 이후 연선이와는 더 빠르게 멀어졌다. 그 전까지가 등차수열이라면 그 이후는 등비수열 같았다. 거리감이 커지고, 커진 거리감을 다시 곱한 만큼 멀어져 갔다. 그렇게 된 데에는 멀어진 거리의 문제도 있었지만 외삼촌과 외숙모의 이혼 이후 연선이가 자신에게나 남들에게나 가장 나쁜 시기를 보낸 것도 한몫을 했다. 고등학교에 갓 입학했을 때만 해도 내가 아는 사람 같던 연선이는, 한 학년 올라가면서 전혀 다른 사람이 되어 있는 듯했다. 더 이상 학원가에서 연선이를 마주치지 않았지만 모든 아이들이 연선이를 알고 있었다. 나는 이미 연선이의 소식을 모르고 있었지만 종종 나에게, 중학교 때 그랬던 것처럼 "너 우연선이랑 친척이라며?" 하고 묻는 아이들이 있었다. 그러나 그 목소리에는 그 이름에 질린 듯한 뉘앙스가 담겨 있었다.

그때, 우리의 열여덟 살에, 하마터면 우리는 아예 마주치지 않고 그 시기를 보낼 수도 있었으나 공교롭게도 2주에 한 번 논술 과외를 함께 받게 되었다. 외삼촌의 재혼 때문이었다. 연선이는 아빠의 재혼을 완강히 반대했고, 외삼촌은 연선이의 의견을 묵살했고, 외삼촌의 재혼 이후로 연선이는 전에 없이 감정적이고 폭발하는 모습을 보였다. 외삼촌은 그런 연선이가 걱정

되었고 연선이가 어울리는 친구들이 걱정되었으므로 나와 함께 두는 방법을 생각해 냈다.

그때 연선이의 모습은 한마디로 분열한다고밖에 표현이 되지 않았다. 논술 과외에서 연선이는 늘 불성실하고 무례했다. 지각이나 결석은 말할 것도 없고, 간혹 제때 와서 수업을 듣는 날이면 앉은뱅이 테이블에 앉아 다리가 저리다는 이유로 짧은 교복 치마를 입은 다리를 아무렇게나 폈다. 선생님은 항상 연선이 쪽을 잘 쳐다보지 못했다. 연선이는 대부분 테이블에 엎드린 자세로 긴 팔을 뻗어 선생님의 팔뚝을 잡고 흔들며 "샘, 졸려요. 배고파요. 바나나우유 사 주세요." 따위의 말을 던졌다. 심심하면 튀어나오는 저 문장에서 '바나나우유'만 초콜릿, 떡볶이, 도넛 따위로 바뀌는 식이었다. 나는 연선이와 마주 앉아 있었고, 연선이가 휴대 전화 너머의 친구들과 문자를 주고받을 때마다 끊임없이 선생님의 표정을 힐긋거리며, 선생님을 가지고 농담을 한다는 걸 알고 있었다. 과외가 없는 날이면 선생님을 가지고 하는 농담 문자가 곧바로 선생님에게 향한다는 것도. 열여덟의 여름에 연선이는 이미 논술 선생님과 사귀고 있었다.

우리를 가르친 건 고작 스물다섯, 국문학을 전공하는 대학교 4학년생이었다. 이신우. 내가 과외 선생님의 그 흔한 이름을 기억하는 이유는 뻔하다. 그를 좋아했으므로. 논술 과외를 시작한 지 얼마 되지 않아 내가 쓴 논술 답안지를 찬찬히 들여다보던 이신우는 웃으며 말했다. "너는 기본적으로 글 쓰는 걸 좀 좋아하는구나." 그 별거 없는 코멘트가 좋았다. 내가 쓴 글과 나를 번갈아 쳐다보며 웃는 모습이 좋았다. 그랬던 사람이 대뜸 연선이와 사귀다니, 그러지 말란 법은 없지만 나는 갖은 감정이 뒤섞인 패배감을 느꼈다.

하지만 그 일에 대해 연선이에게 단 한마디도 하지 못했다. 내가 좋아하는 선생님과 사귀는 게 질투가 나고, 그러는 동시에 불안한 감정을 여기저기 폭발시키는 연선이의 모습이 걱정이 되었지만 그렇다고 거기에 딱히 보탤 말이 없었다. 그리고 그 할 말 없음은 10대 시절 내내 학습된 것이라는 걸 알고 있었다. 그렇게 불안하고 영악한 존재가 연선이가 아니었다면, 나는 아마 어떤 말이라도 걸었을지도 모른다. 되지 않는 충고라도. 유치하지만 진심 어린 조언이라도. 하지만 나는 아무 말도 할 수 없었다. 그게 내가 연선이와 함께 보낸 시간 내내 배운 어떤 눈치, 혹은 처세, 리액션이었고 그것은 곧 나의 성격이 되었다.

나의 성격은 곧 연선이의 반작용이라고 해도 틀리지 않았다. 늘 모두의 주목을 한 몸에 받는 연선이와 함께한 덕분에 주목받는 아이들의 신뢰를 얻는 방식을 알아 버린 것이다. 분위기에서 엇나가지 않으려고, 엇나가서 우스꽝스러워지지 않으려고 늘 그들의 기분을 살폈다. 포인트는 내가 기분을 살피는 것을 그 애들에게 들키지 않는 것이었다. 동등한 척 동등하지 않는 것.

연선이를 마지막으로 보게 된 것 역시 과외 시간이었다. 그날따라 연선이는 기분이 좋았는지 나에게 자꾸 말을 걸었다. "야, 넌 남친 없냐? 잘되어 가는 애 있어?" 그 말은 악의적이었다. 그즈음 이미 연선이는 논술 선생 이신우와 사귄 지 50일이 지나 있었다. 내가 서투른 탓에, 연선이가 능숙한 탓에 연선이는 예전부터 내가 논술 선생님을 좋아한다는 사실을 알고 있었다. 그것만으로도 나는 이미 연선이에게 약점을 잡힌 것 같았다. 이렇게까지 나를 함부로 대한 적은 없었다. 나는 내가 이토록 순수하게 연선이에게 기분이 나쁠 수 있다는 걸 깨달았다. 그동안 아무리 연선이가 자기중심적으로 생각하고 말해도 들지 않던 기분이었다. 들었지만 애써 지웠던 기분일지도 몰랐다. 이제는 그만하고 싶었다. 하지만 단번에 정색한 표정으로 말할 순 없었다. 논술 지문을 요약하는 데 간신히 집중하며 나는 조그맣게 말했다.

"하지 마."

연선이는 재미있다는 듯 계속 물었다.

"뭘 하지 마. 누군데, 아 누구냐고."

늘 그렇듯 눈치를 잘 보고 적당한 리액션으로 넘어가려 했지만 이마 위쪽으로 시선이 느껴졌다. 논술이, 이신우가 나를 보고 있었다. 나는 앞선 것보다 조금 큰 목소리로, 빨개진 얼굴로 말했다.

"하지 좀 말라고."

연선이는 개의치 않았다.

"아 뭐 이런 걸로 삐지고 지랄이야, 미친년아."

그렇게 말하고 킬킬 웃는 연선이의 모습이 부끄러웠다. 내가 아닌 다른 사람의 모습을 보고 수치심을 느낀 건 처음이었다.

"하지 마."

"미친아, 뭘?"

"나한테 그렇게 말하지 말라고."

나는 일어서서 방을 나왔다. 과외를 그만뒀고 그날 저녁 엄마와 외삼촌이 통화하는 걸 알아채고 귀를 틀어막았다. 그 이후로 연선이를 본 적이 없다. 유년기부터 10대 시절까지, 인생의 거의 대부분을 함께해 온 친구와 헤어지는 일은 그렇게 쉬웠다.

명절에 외갓집에 들르면 간혹, 그의 생에서 중요한 순간들을 전해 들을 수는 있었다. 이를테면 스무 살의 설에는 연선이가 어느 전문 대학에 입학했다더라는 이야기를, 졸업은커녕 휴학을 하고도 갈피를 잡지 못해 도서관에만 처박혀 있던 스물세 살의 추석에는 연선이가 벌써 졸업을 하고 무슨 회사 관리부에 들어갔다더라는 이야기를 들었다. 그리고 이제 겨우 박사 진학을 마음먹은 스물일곱 살 설에는 연선이가 결혼을 한다더라는 이야기가 들려오는 식이었다.

 방에 들어가서 쉬려고 문을 열었는데 이모부가 이모의 배를 찜질하고 있었다. 미안하다고 말하고 돌아나가려는데 이모의 천진한 목소리가 들려왔다.
 "그냥 앉아. 뭐 어때."
 몇 년 전 설에 이모는 난소를 제거하는 수술을 했다. 난소암 진단을 받고 난소를 차례차례 절제하며 종양을 떼어 내고도 기나긴 기간 동안 몇 차례의 항암 치료를 받아야 했다. 이제야 재발의 우려를 조금 덜 수 있는 시간, 5년이 흘렀을 뿐이었다. 5년이 흘러도 이모는 겨우 40대 초반이었다. 그리고 투병 중에 어떤 마음의 변화가 있었는지 그 시간의 정확히 한가운데에서, 이모부와 결혼을 했다. 이모의 투병 과정 내내, 그리고 결혼 과정 내내 이모부는 싱글싱글이었다. 결혼 전 인사를 하러 온 이모부에게 할머니가 아픈 애를 어떻게 데려가려고, 하며 눈물을 보였을 때도, 의사가 난

소를 떼어 내야 할 것 같은데 자녀가 있으시냐고 물을 때 대답하면서도 그랬다. 아니요, 신혼이고 아이는 없습니다. 다행히 암은 재발하거나 전이되지 않았지만 언제든 경계를 늦출 순 없었다.

문밖에서는 여전히 연선이의 결혼에 대해 이야기하고 있었다. 이야기가 끊기다가도 다시 되돌아가는 모양이었다. 할머니는 주로 듣고 맞장구를 치는 편이었고, 가장 말이 많은 건 외숙모였다. 전문대를 졸업한 연선이가 졸업하자마자 독립을 했기 때문에 당신도 아주 드물게 만나 왔음에도 연선이의 소식을 거의 다 따라잡고 있었다.

"아야, 생각났네. 그 남자가 트레이닝, 트레이닝을 한다더라고. 그 왜 있잖아요. 요즘은 운동하러 가면 한 명이 붙어서 내내 가르쳐 주고 살을 빼 주고 한다니까. 그게 직업이에요. 작년 언제부터, 연선이가 운동 다니다가 만났다던데."

갑자기 외숙모의 목소리가 낮아졌고 이야기가 잘 들리지 않았다. 나는 이모를 돌아봤다. 배를 찜질하던 이모는 어느새 돌아누웠고 이모부는 이제 이모의 허리와 등을 정성 들여 눌러 주고 있었다. 나와 눈이 마주친 이모가 씩 웃으며 말을 건넸다.

"넌 결혼 안 해?"

"응. 안 해."

"왜?"

그렇게 묻는 이모가 아이 같았다. 이모의 목소리는 중성적이었다. 여자아이라기보다는 남자아이 같은 데가 있었다. 장난스럽고 악의가 한 점도 없었다.

"결혼하면 연애 못 하잖아. 난 남자를 너무 좋아해서 안 돼. 나는 계속 연애하면서, 계속 헤어지면서 살 거야."

내 것을 지키며 살 거야, 한 줌이지만. 그 말을 덧붙일 뻔했다는 생각에 등줄기가 저릿했다. 농담 같은 질문에 왜 이렇게 결연해져야 하는지 모를 일이었다. 늘 필요 이상으로 진지한 내가 이제는 우스워서 흥얼거리듯 혼잣말을 했다. 역시 남자를 너무 좋아하는 건 나야. 언제나 연선이를 못 따라잡는 것도. 연선이와 완전히 헤어진 이후, 나는 연선이와 비슷해 보이는 아이들을 멸시하는 데 많은 기운을 써야 했다. 나를 비웃는 사람들과 절대 다시 친구가 되지 않겠다고 생각했다. 다름에도 아랑곳하지 않고 친구가 될 수 있었던 때는 열한 살의 어느 때가 마지막이었다. 연선이와 한없이 비슷해지고 싶었던 때가 있었다. 진지하게, 남는 것 없이 포개지고 싶었던. 그러나 나는 이제 그런 것들과 전부 무관해져서 농담을 할 수 있게 되었고, 연선이를 부러워하지 않는 사람이 되었다.

이모가 배를 찜질했던 온수 팩을 장난스레 내 배 위에 올려 주어서, 그걸 올리고 있다가 나도 모르게 깜빡 잠이 든 모양이었다. 이모와 나란히 누워 자고 있다가 차가 들어오는 소리에 잠이 깼다. 내다보니 놀랍게도 연선이였다. 결혼한다는 남자는 운전석에 있었다. 연선이만 작별 인사를 하러 잠시 내린 모양이었다.

"벌써 다 돌았어?"

"네, 다 했어요. 설이라 그런지 다들 댁에 계시데."

"아, 그럼 어여 가라. 이제부터 막힌다."

"네."

"효정이랑 인사했어?"

외숙모의 말에 방 안을 건너다보던 연선이와 눈이 마주쳤다. 나는 어색해하며 누구 것인지도 모르는 슬리퍼를 주워 신고 마당으로 나갔다. 눈이 쌓인 마당에 슬리퍼만 신고 서 있자니 발끝이 시렸다. 난데없이 웃음이 났다. 연선이의 얼굴은 외숙모가 얘기해 줬던 것처럼 달라져 있었다. 더 예쁜 쪽으로. 이목구비가 선명하고 키가 큰 데다 자세가 꼿꼿해 항공사 승무원 같았다. 길에서 지나가다 만났다면 못 알아봤을 터였다.

마주 보고 웃으면서도 어색함을 감추지 못하는 나와 달리 연선이의 얼굴에는 어색함이라곤 한 점도 찾아볼 수 없었다. 여유가 있었고 비즈니스적 상냥함이 보였다. 왜 선배들이 그렇게 말했는지 알겠다. 너 일 진짜 잘하는구나. 연선이와 조금만 허물없었더라면 그렇게 말해 줬을지도 몰랐다. 여전하구나, 아무것도 낯설어하지 않는 것. 결혼을 한다는 소식을 들었을 때도 그 생각부터 났더랬다. 그렇게 생각하고 다시 보자 조금, 내가 알던 연선이의 얼굴이 보이는 듯했다. 연선이는 나에게 선뜻 먼저 손을 내밀었다. 나는 엉겁결에 그 손을 잡았다. 우리는 손을 잡은 채로 이야기를 나누었다. 주도하는 쪽은 물론 연선이였다.

"오랜만이다."

"그러게."

"잘 지냈어?"

"응. 잘 지냈지."

연선이는 청첩장을 건네려는 듯 핸드백을 뒤졌다. 마당에 서서 어정쩡하게 그러고 있는 우리 사이로 할머니가 끼어들었다. 백을 뒤지는 연선이의 손목을 잡고 잠깐만, 잠깐만 했다.

"할머니 왜? 나 이제 가야 돼."

"잠깐만 기다렸다 가. 저거 콩 가지고 가. 두 시간은 걸릴 줄 알고 안 싸 놓고 있었잖어."

"아이 무슨 콩이야, 됐어."

"가져가, 내가 쌀게. 효정이랑 한 바퀴만 돌고 와."

"……."

"돌고 와, 다 싸 놓을게!"

할머니는 연선이와 나의 등을 밀었다. 그 바람에 서

있던 거리가 좁아져 우리는 거의 어깨를 부딪힐 뻔했다. 연선이의 어깨는 언제나 나보다 높았다. 어깨 대신 눈을 마주친 우리는 대문을 나섰다. 조금만 걸어 내려가면 외갓집에 들어오며 봤던 나무가 나오고, 그 옆으로 아주 작고 아주 오래된 공터가 나올 것이었다. 공터에는 정자도 있고 작지만 미끄럼틀과 시소와 그네도 있었는데, 아이들이 없는 시골 마을인지라 미끄럼틀 밑이고 그네 옆이고 할 것 없이 억세고 긴 풀이 자라 있었다. 그나마 정자에는 할 일 없는 노인들이 이유 없이 모여 앉아 있곤 했다. 우리는 공터에 다다라서 정자에 앉을까, 그네에 앉을까 잠시 고민하다가 나란히 그네에 앉았다. 그넷줄에 녹이 심하게 슬어 있어 무심코 잡지 않기 위해 노력해야 했다.

"쌍꺼풀 생겼네."

연선이가 먼저 말을 걸어왔다.

"어, 이거 수술한 거야."

나는 어색하게 웃으며 대답했다. 네가 부러워서 스무 살 지나자마자,라고는 다행히 말하지 않았다. 나이를 먹어서 좋은 점은 해야 할 말과 안 해도 될 말을 점점 가리게 된다는 점이었다.

"귀여웠는데 너. 쌍꺼풀 없었을 때도."

나는 대답 않고 웃었다. 그렇게 시원하게 트인 눈으로 그런 말 하지 마, 하고 농담할 수 없었다. 연선이와 나는 서로를 퍽 좋아했었지만, 언제고 시원하게 농담을 할 수 있는 사이였던 적은 없었다는 게 실감 났다. 오래 잊고 있던 느낌이었다.

"코는 생각 없어?"

연선이가 그렇게 말하며 웃었을 때 농담을 할 수 없었던 건 나뿐이었다는 것 역시 다시금 떠올랐다. 그래 너는 아니었지. 너에겐 그다지 상관이 없었어. 나는 웃지 않았다. 연선이를 좋아했지만 항상 상처받는 것 같던 느낌, 열일곱으로 돌아간 것 같은 느낌이었다. 우리는 무수하게 변하고도 아무것도 변하지 않은 것 같았다. 내가 발끝으로 그네를 밀기 시작하자 연선이가 덧붙였다.

"농담이야. 요즘은 뭐 하고 지내?"

"아직도 학교 다녀. 박사까지 다니려고."

"너 대단하다. 그러고 보면 어릴 때부터 그랬어.

책 읽는 거 좋아하고. 전단지 뒷면에 뭐 쓰는 거 좋아하고."

"나 제대로 할 줄 아는 거 하나도 없어."

그러자 갑자기 연선이가 내 팔을 때리며 웃기 시작했다.

"맞아, 너 똑똑하다고 생각하면 한 번씩 웃겼어. 예전에 여기 화장실 공사하기 전에, 구식일 때, 화장실 못 가겠다고 울었잖아 너. 나한테 같이 가 달라고 하면서. 그리고 언제였더라. 우리 집에 제사 지내러 왔을 때도 심부름 나갔다가 귀신 나올 것 같다고 무섭다고 울면서 나 졸졸 따라오고."

연선이는 거의 자지러져라 웃고 있었다. 나는 그네에서 떨어질 것처럼 웃는 연선이를 가만히 보고 있었다. 웃음소리가 잦아들 때까지. 그 애가 너무 웃기다, 아유, 옛날이다, 중얼거리며 웃느라 아린 두 볼을 매만질 때까지. 그러다가 고개를 돌려 마을 입구의 느티나무를 구경하고 있는데 시선이 느껴졌다. 연선이는 내 머리끝부터 발끝까지 천천히 보고 있었다. 그 시선만으로도 작아지는 느낌이었다. 이번엔 또 뭘 잡아내려

나. 연선이의 시선으로 나를 보면 어쩐지 그런 것만 보일 것 같았다. 어색하고 어설픈 것들. 주기적으로 미용실에 가지 않는 머리, 비비 크림과 립스틱 외엔 발전이 없는 화장, 대충 입은 옷. 나는 고개를 숙이고 괜히 셔츠 밑단에 빠져나온 실밥을 만지작거렸다.

"야, 근데 나 너 좋아했어."

그 말에 고개를 들어 쳐다본 연선이는 지금 나란히 그네에 앉은 내가 아니라 어느 먼 곳을 보고 있는 것 같았다. 논이든 축사든 더 먼 풍경을.

"평소엔 네가 언니 같았어. 그렇게 진지한 애가 어느 순간엔 꼭 여동생같이 구는 게 좋았어."

나는 말없이 연선이의 머리끝부터 발끝까지 천천히 봤다. 드라이 잘된 머리, 눈썹도 섀도도 립스틱도 완벽한 화장, 오래 차를 탔을 텐데도 매무새며 톤이며 흠잡을 데 없는 블라우스와 H라인 스커트, 그리고 자갈과 잡초가 널린 시골길을 걸어도 말짱한 힐을.

"넌 더 예뻐졌다, 야."

내 말에 녹슨 그넷줄을 쥐고 연선이가 아이처럼 웃었다. 멀리서 개 짖는 소리가 들리더니 외숙모가 우리를 부르며 다가오는 모습이 보였다. 다 됐다, 준비해라! 그 말에 우리는 엉덩이를 털고 일어났다. 길지 않은 길을 올라가며 시답지 않은 이야기를 몇 마디 더 나눴다. 시댁은 어디야? 신랑은 외동이야? 하는 질문들. 그런 뻔한 질문을 건넬 수 있다니 재밌었다. 그런 것 말고는 물을 수 있는 게 별로 없었다. 그 정도면 됐다고, 이만하면 나눌 얘기는 충분히 나누었다고 생각했다.

대문 앞에 세워진 자동차에는 시동이 걸려 있었다. 운전석에 앉은 연선이의 예비 신랑 얼굴은 가려져 보이지 않았다. 연선이가 마당에 놓인 콩 자루를 들어 트렁크에 실었다. 다시 마당으로 와 할머니, 나 진짜 간다! 하자 할머니가 또 부랴부랴 나와서 연선이의 어깨를 토닥였다. 연선이는 나가기 전 핸드백에서 청첩장을 꺼내 나에게 건넸다.

"이거, 청첩장."

"고마워. 축하해. 꼭 갈게."

10년 만에 잡았던 연선이의 손이 빠져나갔다. 연선이는 높은 굽의 힐을 신었는데도 한 차례도 헛디디지 않고 마당의 정리되지 않은 자갈들을 또박또박 밟으며 순식간에 차로 돌아갔다. 연선이가 사라지는 모습을 보고 있기가 이상해서 청첩장을 들여다봤다. 펄이 무수히 반짝이는 부드러운 종이였다. 고급스러운 서체로 연선이의 이름이 적혀 있었다. 처음 보는 이름처럼 낯설었다. 꼭 간다고 말했지만, 가지 않을 거란 걸 알았다. 의도적으로 피하는 것도 아니고 오히려 아무것도 아니어서. 결혼식은 주말일 테고 바쁜 주중을 보내다 보면 주말에는 집에 틀어박히고 싶을 것이었다. 연선이의 결혼식이라고, 주말을 부자연스럽게 보낼 리는 없다. 축의금은 계좌로 보내면 되지. 외숙모에게 물어봐야겠다. 그러자 이상하게 안도감이 들었다. 이제 남처럼 남이 되었어. 남이라 다행이야. 그래도 축의금 정도는 낼 수 있을 정도로 남이어서 절묘하게 다행이라고 생각했다. 우리는 잠시 닿았다가 흩어졌다. 제대로 인사를 했으니 됐다고, 10년 만에 만나 이 정도면 충분한 재회였다고 생각하며 돌멩이들이 울퉁불퉁한 마당에 조금 더 서 있었다.

에버 어게인

조우리

조우리

2018년 『어쨌거나 스무 살은 되고 싶지 않아』로 제12회 비룡소 블루픽션상을 수상하며 작품 활동을 시작했다. 청소년소설 『모든 골목의 끝에, 첼시 호텔』 『사과의 사생활』 『얼토당토않고 불가해한 슬픔에 관한 1831일의 보고서』 『꿈에서 만나』 『오, 사랑』, 장편동화 『4×4의 세계』 등을 썼다.

"김진영 님 되십니까?"

진영은 그렇다고 했다.

"예약 확인차 전화드렸습니다. 내일 10시 10분 전까지 리셉션으로 오시면 됩니다. 차 가져오시나요?"

"아뇨, 차는 없어요."

휴대 전화 너머의 여자는 내일 뵙겠다고 인사하고 전화를 끊었다. 정중하고 차분한 목소리였지만 어린 여자인 것 같다고 진영은 생각했다. 담당자가 아닌 직원이 전화를 건 것이 마음에 걸렸다. 이토록 중요한 일에 경험치가 별로 없어 보이는, 어린 직원이 확인 전화를 하다니. 이제껏 만난 센터 소속의 의사, 작가, 담당 코디네이터는 모두 유능하고 프로페셔널해 보였다. 수많은 후기를 남김없이 읽고 모든 정보력을 동원해 심사숙고한 뒤 결정한 곳이었다. 자신의 선택에 확신을 갖고 있었는데 이 전화 한 통으로 진영은 갑자기 모든 게 불안하게 느껴진다.

"언니, 표정이 왜 그래?"

현영이 마시던 커피에서 입을 떼고 진영에게 물었다. 아까부터 정신 나간 사람처럼 한 박자씩 대답이 늦던 진영이 통화 뒤 더욱 표정이 흐려졌다.

"예약한 데야?"

진영은 고개를 천천히 끄덕였다. 답답해진 현영은 진영의 코 앞에 손을 가져다 흔들었다. 진영이 화들짝 놀라며 그제야 현영의 얼굴을 똑바로 바라봤다. 무슨 일이 있느냐고 현영이 물었다.

"무슨 일은 없는데 갑자기 내일이 걱정돼. 나 잘할 수 있을까?"

"또 그 얘기야?"

백 번쯤은 들은 것 같은 문장이라고 말하려다 현영

은 그만뒀다. 언니의 고민과 걱정을 모르는 게 아니다. 결정하는 데만 몇 년이 걸렸고, 결정 뒤에도 밀린 예약으로 반년이 지나 날짜가 잡혔더랬다. 예약 이후에도 진영은 잘할 수 있을까,라는 말을 습관처럼 했다. 그날이 드디어 내일로 닥쳐온 것이다.

"정말 음식을 해 갈 거야?"

진영은 현영이 자꾸 같은 질문을 하는 게 마음에 들지 않았다. 음식 사진을 전송해 재구성하는 게 일반적이긴 하지만 진영처럼 진짜 음식을 가져오고 싶어 하는 사람들도 가끔 있다고 했다. 그 센터로 결정한 것도 고객의 요구 사항을 100퍼센트 가까이 맞춰 준다는 점 때문이었다.

"암튼 우현이 만나면 내 얘기도 꼭 해 줘. 이모가 많이 보고 싶다고. 우현이가 종이접기로 만들어 준 것들, 하나도 안 버리고 가지고 있다고."

진영이 대답을 하지 않자 현영은 화제를 돌렸다. 종이접기 이야기를 하자 진영의 입가에 희미하게 미소가 떠올랐다. 우현은 종이접기를 정말 잘했다. 보통 초등학교를 졸업하면 그치게 되는 취미인데 우현은 고등학생이 되어서도 유튜브를 보고 종이접기를 했다. 큰 덩치와 어울리지 않게 섬세하고 깔끔한 솜씨로 온갖 종류의 꽃, 바구니, 곤충과 동물을 접었다. 우현은 조용하고 내성적인 아이였다. 공부에는 별로 흥미가 없었지만 집안일을 잘 돕고 손끝이 야무졌다. 고등학교를 특성화고 금형과로 가겠다고 했을 때 진영은 며칠을 말렸지만 손으로 뭔가 만드는 일을 직업으로 하고 싶다는 말에 반대를 접었다. 도제 수업을 나가게 되면 주 2~3일은 일을 배우며 시급을 받을 수 있고 군대도 산업체를 지망할 수 있다는 말에 혹하기까지 했다. 실제로 우현은 도제 수업이 있는 학기에 한 달에 80만 원 정도씩을 진영에게 건넸다. 모아서 아들 장가 보낼 때 줘야겠다고 생각했지만 늘 돈 쓸 데가 생겼고 나중에는 그냥 자연스럽게 생활비의 일부가 되었다. 그렇게 짧게 살다 가려고 그렇게 효도를 한 걸까. 우현이 싫은 소리 하는 걸 한 번도 들어 본 적이 없다. 조금 더 손해 보고 조금 더 이익 보고 하는 것에 일희일비하지 않았다. 그렇게 키운 게 잘못이다. 진영은 오래오래 후회했다. 우현이 가고 8년이 지났지만 하루에도 몇 번씩 진영은 우현에게 해 준 것들, 혹은 해 주지 못한 것들 전부를 돌아보고 반성하곤 한다. 우현의 삶 전부를 매일매일 몇 배속으로 되돌려 본다. 넘어지고 울먹이려는 우현에게 그냥 크게 울라고 말해 줄 것을, 친구에게 장난감을 양보하는 우현에게 도로 가져오라고 할 것을, 방 청소는 제가 한다는 우현에게 그냥 게으르게 있으라고 할 것을, 남들 배려하기 전에 본인부터 챙기고 할 말이 있으면 참지 말고 질러 버리라고 할 것을. 그렇게 가르치지 못했다. 다 나의 잘못이라고 진영은 또 생각한다.

진영은 현영에게 내일 방문할 VR 센터의 리플릿을 내밀었다. 현영은 안경을 꺼내 쓰고 찬찬히 살펴봤다. "10년 이상 경력의 정신과 전문의 상주", "할리우드 출신 CG 마스터", "시나리오 작가와 3회 미팅", "담당 코디와의 상담을 통한 오감의 완벽한 재연". 다른 VR 센터들의 홍보 문구와 크게 다르지 않다. 다만 붉고 커다란 바탕체로 "안 되면 되게 하라"라는 문장이 전면에 눈에 띄게 써 있고, 그 밑으로 고객의 요구를 얼마나 애써서 실현시켜 왔는지 후기가 빽빽하게 제시되어 있다. 진영이 체험을 잘 마무리하면 현영도 같은 곳으로 예약을 하려고 한다. 정부 바우처 신청은 미리 해두었다. 정부는 직계 가족의 죽음을 겪은 차상위 계층 80퍼센트 이하의 개인에게 VR 센터 1회 이용 금액의 70퍼센트를 지원한다. 정부의 지원 덕분에, 비용이 높아서 이용하지 못한 사람들이 VR 센터를 이용할 수 있게 되었다. 많은 수요가 생기며 VR 산업은 점점 더 발전했고 지금은 심리 치료 겸 트라우마 극복, 사이코드라마 대안으로 자리 잡았다. 고객은 전문의와 충분히 상담한 뒤 4D 체험으로 고인을 만난다. 고인의 모든 정보는 체험일 이전에 미리 수집된다. 외형, 말투, 목소리, 습관, 동작, 심지어 냄새까지 재연이 가능하다. 살아생전의 사진과 동영상, 온라인상의 남은 흔적들, 사용했던 섬유 유연제나 샴푸 브랜드까지 세세한 정보를 제공할수록 구체적인 인물 표현이 가능해진다. 고객이 원하는 상황을 재연하고 그 안에서 고인의 정보를 모두 빅데이터화한 AI가 즉흥적으로 대응한다. 상황 연출을 구체화하는 건 PD와 작가의 몫이다. 체험자들은 대부분 진짜 고인을 만난 것 같다고 했다.

다만 체험에서 깨어나고 싶지 않아 가진 돈을 모두 탕진하며 현실로 돌아오지 않으려는 사람들이 생겨 일정 기간 내 가능 횟수는 제한되어 있다. 하지만 그러지 않아도 비싼 비용이기 때문에 진영은 이번 기회가 처음이자 마지막임을 알고 있다.

현영도 조카가 보고 싶었지만 언니와 단둘이 만나는 것이 맞는다고 생각했다. 현영은 엄마를 만날 생각이다. 엄마는 우현이 죽고 얼마 안 돼 급성 간경화로 세상을 떠났다. 극심한 스트레스가 원인이었다. 엄마에게 그곳에서 우현을 만났느냐고 물어보고 싶다. 언니는 자기가 살아생전 잘 챙길 테니 걱정 말라고도 전하고 싶다. 다시 뭔가 생각에 잠긴 진영을 바라보며 현영은 그렇게 다짐했다.

"내일 일 끝나고 언니 집으로 갈게."

"뭘 와. 오늘 봤으면 됐지."

"그래도 우현이 기일이잖아. 휴가 내서 센터도 같이 가면 좋은데……."

현영의 직장은 휴가를 쓰면 누군가가 그 일을 메꿔야 하는 시스템이라 눈치가 보인다. 그걸 아는 진영은 그럼에도 기일이라 찾아온다는 현영이 고맙다.

"가져가."

현영이 깍두기 담근 것을 내밀었다. 둘은 그것 때문에 만났다. 우현은 이모가 담근 깍두기를 가장 좋아했다. 이러니 저러니 해도 현영 역시 내일 언니가 진짜 우현을 만나기라도 하는 것처럼 불안하고 동시에 설렜다. 4D로 만들어진 우현도 이 깍두기를 좋아해 줄까. 현영은 깍두기를 내밀며 자신도 모르게 고개를 갸웃했다.

열두 번은 깬 것 같다. 일어나 찬물을 들이켜며 진영은 무거운 어깨를 두드렸다. 30분에 한 번씩 깨서 시간을 확인했다. 밤은 길었지만 밤의 마디들은 한없이 짧았다. 마디 사이사이 우현의 꿈을 꿨다. 사진첩을 보는 것처럼 다른 모습의 우현이 아주 잠깐씩 등장했다. 마지막 꿈은 우현의 뒷모습이었다. 그게 전부였다. 눈을 깜빡하는 사이 뒷모습이 나타났고 다시 깜빡이는 사이 사라졌다.

우현이 사고를 당한 날, 늦게 일어난 우현은 배가 고

프다고 했다. 그날따라 진영도 늦잠을 잤고 지각을 하면 벌점이 있기에 마음이 급했다. 밥을 차려 줄 시간이 없었다. 우현이 시리얼을 먹겠다고 냉장고를 열었지만 우유가 없었다. 일어나자마자 늘 배고파하는 아이였는데, 그날은 아무것도 챙겨 먹이지 못하고 우현을 보냈다. "다녀오겠습니다." 하고 인사하는 우현의 뒷모습이, 그날 이후 꿈에 자주 등장했다. 그 어떤 악몽보다 아픈 꿈이었다. 그날 챙겨 먹이지 못한 한 끼가 진영의 마음속에 커다란 상처로 남았다. 밥도 못 먹고 출근한, 열아홉 살 내 새끼. 어미가 되어 늦잠이나 자서 애를 못 챙기고, 우유도 사다 놓지 않아 시리얼도 못 먹고 고된 출근길에 올랐다. 그게 마지막이었다. 그 뒷모습이.

　진영은 불린 녹두를 믹서기에 갈며 이를 악물었다. 오늘은 울지 않아야 한다. 오늘 우현을 만나면 웃으며 풍성한 한 끼를 해 먹일 거다. 좋아하는 음식을 잔뜩 해 가서 배불러서 도저히 못 먹겠다고 할 때까지 아이를 먹이고 엉덩이를 두드려 보낼 것이다.

　"언제로 돌아가고 싶으세요?"

작가가 진영에게 물었을 때, 두 번 생각할 것도 없이 '사고날 아침'이라고 대답했다. 사고의 순간은 어떻게 해도 바뀌지 않는다. 우현은 출근했고 회사에서 죽었다. VR의 시나리오를 통해 출근 보내지 않고 회사에 도착하지 않게 하더라도 일어난 사실은 바뀌지 않는다. 그렇다면 밥이라도 먹여 보내고 싶다. 그것만이 아주 조금이지만 진영에게 위안이 될 것이다.

진영은 어렵게 VR 센터의 예약일을 우현의 기일로 잡았다. 고인과 함께 식사를 하는 장면을 넣고 싶으면 음식이나 밥상 등을 원하는 대로 디자인할 수 있다. 혹은 직접 차린 음식을 찍어 미리 보내 두면 재연 화면의 자료로 쓰인다. 하지만 진영은 진짜 음식을 가져가길 원했다. 그렇게 하면 우현의 이미지가 음식을 잡는 장면을 연출하지 못해 부자연스럽다고 했지만 상관없다. 진짜 김이 나는, 따뜻한 음식이어야 했다.

음식 준비에 두어 시간이 흘렀다. 진영은 녹두전을 비롯해 전 3종, 소고기 산적, 닭강정, 나물 몇 개, 떡, 오징어뭇국을 보온 가방에 넣었다. 현영이 준 깍두기와 우유, 시리얼은 보냉 가방에 넣었다. 두 가방은 매우

무거웠지만 진영의 마음은 약간 가벼워졌다.

인턴 윤세라.

데스크에서 승무원처럼 유니폼을 차려입은 직원이 진영을 맞이했다. 목소리를 들으니 진영에게 어제 전화한 직원인 듯싶다. 인턴 명찰을 보니 서툴렀던 억양이 이해가 갔다. 세라는 우현과 나이가 비슷해 보였다. 진영의 마음이 단번에 너그러워졌다. 세라의 안내를 받아 체험실로 향했다. 무대처럼 조명이 있는 휑한 공간이 있고 한쪽 구석에 컴퓨터를 비롯한 여러 장치가 가득한 투명한 부스가 있었다. 눈에 익은 작가, PD와 간단히 인사를 하고 담당 코디네이터와 함께 무대 한쪽에 가져온 음식을 차렸다. 차려진 음식을 PD가 잽싸게 코딩해 영상화하는 동안 진영은 한쪽에 마련된 의자에 앉아 숨을 골랐다. 아까부터 심장이 불규칙적으로 뛰고 있었다. 미친 듯이 빠르게 뛰었다가 한없이 느려졌다가 다시 정박으로. 진영은 온몸이 하나의 심장이 된 것만 같았다. 손끝도 발끝도 눈가도 관자놀이도 심장과 함께 뛰었다. 괜히 신청했다고, 진영은 후회했다. 우현을 다시 만난다고 생각하니 아찔하고 두려웠다. 간신히 견디어 온 무언가가 툭 끊어져 버리면 어쩌나. 그 얼굴, 목소리, 표정. 그토록 그립던 것들을 다시 만난다고만 생각했지 또다시 헤어지는 일이라는 걸 생각하지 못했다.

"긴장되시죠?"

녹차가 담긴 종이컵을 내밀며 작가가 말을 걸었다. 차마 목소리가 나오지 않아 진영은 그저 고개를 끄덕였다.

"아드님 기사…… 신문에서 읽은 기억이 있어요. 저 그때 근처 고등학교를 다니고 있었거든요. 학교에서 애들 사이에 이야기가 많았죠."

우현의 사건은 당시 TV 뉴스, 신문, 인터넷 등 모든 매체를 통해 전국에 알려졌다. 현장 실습을 나온 고3 학생의 죽음이었기 때문이다. 학교와 회사의 책임 떠넘기기, 매뉴얼과 관리자의 부재, 부실 수사, 사건의 축소와 은폐 문제 등으로 총체적 문제 덩어리였다. 다큐멘터리로 제작되면서 공론화되었고 그 뒤로 비슷한 문제가 발생할 때마다 회자되었다. 하지만 지금까지도 빈번하게 같은 일이 일어난다. 가장 약하고 가장 아래에 위치한 힘없는 아이들이 거대한 시스템에 갈려 버리는 일. 대다수의 사람들은 그 일에 관심을 갖지 않는다. 공론화되었더라도 극히 일부의 사람들에게만 반향이 있을 뿐이었다. 우현의 사건은 결국 개인의 부주의로 결론 내려졌다. 관리자가 처벌받기는 했지만 미약했고, 산재도 받을 수 없었다. 작가의 한마디에 진영은 지난 몇 년 동안 간신히 삼켜 낸 뜨거운 용암 덩어리의 존재를 배 속에서 느낄 수 있었다. 하지만 그로부터 8년이 지났다. 진영의 화산은 활동을 멈춘 지 오래다.

"저…… 더 신경 써서 만들었어요. 그냥 그 말씀을 드리고 싶어서요."

진영은 고맙다고 말했다. 날뛰던 심장 박동이 조금 잦아들었다. 우현의 죽음이 단순한 개인적 죽음이 아니고, 사회적 죽음이었다는 것이 다시 한번 환기되었다.

"잘 보내 드리고 오세요."

작가는 이렇게 말하고 꾸벅 인사를 한 뒤 부스로 들

어갔다. 준비가 다 되었다는 사인이 들어왔다. 잘 보내 주는 일이 뭘까. 진영은 작가의 마지막 말이 마음에 남았다.

진영은 무대 한가운데에서 누군가의 도움을 받아 VR 헤드셋을 머리에 썼다. 무겁지만 견딜 만했다. 눈을 뜨자 우현과 함께 살던 아파트가 펼쳐졌다. '세상에.' 진영은 마음속으로 감탄했다. 낡은 벽지, 닳은 식탁보, 공기 중의 먼지까지 완벽하게 재연되어 있었다. 햇볕 냄새, 섬유 유연제 냄새, 코끝을 스치는 가을바람, 오른쪽 어깨에 와 닿는 햇살까지. 8년 전 그날 아침에 진영은 서 있었다.
"엄마? 왜 그러고 있어?"
진영은 고개를 돌릴 수 없었다. 둑이 터진 것처럼 눈물이 쏟아져 나왔다. 헤드셋은 눈물로 가득 차 축축해졌지만 진영은 절대 벗고 싶지 않았다. 천천히 몸을 돌리자 우현이 서 있었다. 뻗친 머리를 하고 잠옷으로 자주 입던 목 늘어난 티셔츠를 입은 채 크게 하품을 하고 있다.

"우현아……."

진영은 우현의 이름을 불렀다. 목소리가 떨려 이내 어금니를 꽉 깨물었다.

"엄마, 배고파."

우현은 해맑게 배고프다고 말했다. 천진한 아들의 눈동자가 햇볕에 반사되어 반짝였다. 진영은 넋을 잃고 우현을 바라봤다.

"나 씻고 올게."

우현은 화장실로 들어갔다. 진영은 화장실 문에 가까이 다가가 귀를 대 보았다. 문틈으로 따뜻한 수증기가 샴푸 향과 섞여 흘러나왔다. 물소리와 우현의 노랫소리가 들렸다. 그랬었지. 우현은 샤워를 하며 늘 노래를 불렀다. 화장실에선 에코가 좋아 노래를 아주 잘 부르는 것처럼 들린다고 했다. 높은음을 샤우팅 하다시피 불러서 진영은 부엌에 있다 실소를 터뜨리곤 했다. 우현의 노랫소리에 귀를 기울이며 진영은 자신의 죽음 이후 천국이 허락된다면 지금 이 순간이 영원히 지속되기를 바랐다. 우현은 목청껏 노래했다.

물소리가 멈췄다. 진영은 문에서 한 발 물러섰다.

잠시 뒤 문이 열리고 뿌연 수증기 속에 커다란 타월을 허리에 두른 우현이 모습을 드러냈다. 머리카락에서 물이 뚝뚝, 실감 나게 떨어지고 있었다.

"아, 깜짝이야!"

우현은 진영을 보고 소리 질렀다. 진영은 멋쩍게 뒤로 한 발짝 더 물러섰다.

"엄마, 나 배고프다니까. 밥은 있어?"

"어, 엄마가 아침에 다 해 놨어."

진영은 얼결에 대답을 했다. 우현이 "아싸, 신난다." 하고는 방으로 쏙 들어갔다. 드라이기 소리가 나고 얼마 뒤 청바지에 후드 티를 입은 우현이 다시 거실로 나왔다. 유품으로 전달 받은 바로 그 청바지와 후드 티였다. 멀미가 나는 것처럼 속이 울렁거리기 시작했다.

거실로 나온 우현은 바로 식탁으로 다가갔다. 어느새 진영이 준비해 온 음식이 가득 차려져 있었다. 냄새도 촉감도, 음식만은 리얼이었다. 따뜻하게 만져지는 그릇의 온도에 진영은 안도했다.

"오늘 무슨 날이야? 상다리 부러지겠는데?"

우현은 식탁에 앉아 음식을 먹기 시작했다. PD가

미리 말했다시피 식사하는 모습은 디테일이 떨어졌지만 그래도 먹는 모습으로 충분했다.

"많이 먹어."

진영은 문득 말했다. 우현이 국을 뜨다 말고 진영을 바라보며 씨익 웃었다. 우현은 식탁에 차려진 모든 음식에 젓가락을 댔다.

"엄마, 배가 터질 것 같아."

"시리얼도 있는데."

"그건 또 들어가는 배가 다르지."

우현은 초코 시리얼이 담긴 그릇에 우유를 가득 부었다. 시리얼이 씹히는 와작와작하는 소리가 공간을 가득 채웠다. 우현을 배부르게 먹이는 게 가장 중요하다고, 진영은 작가에게 몇 번이나 강조했다. 진영의 바람대로 우현은 충실하게, 배부르게 먹었다. 이 식사가 끝나면 우현을 보내야 한다. 다시는 볼 수 없는 곳으로. 진영은 손을 뻗어 우현을 만지고 싶었다. 붕붕 뜬 머리카락을, 매끈한 살결을, 목덜미의 솜털을. 하지만 그 행위가 몰입을 깨는 것이라고 여러 번 주의받은 게 떠올랐다. 아무것도 만져지지 않을 거라고. 존재가 부재한다는 것만을 확인받을 뿐이라고. 주먹을 꼭 쥐고 진영은 우현의 모습을 열심히 눈에 담았다. 뺨의 점이라든지 가르마의 위치라든지 귀의 모양이라든지, 알지 못한 사이 이제는 희미해져 버린 것들을 기억하려 애썼다.

"잘 먹었습니다!"

식사가 끝나자 우현은 식탁에서 일어섰다. 가방을 메고 휴대 전화를 찾아 주머니에 집어넣고 싱크대에서 빠르게 가글을 했다. 우현이 출근 전 늘 하던 순서 그대로였다. 우현이 신발을 신기 위해 현관에서 등을 보이자 진영은 가슴이 덜컹했다. 이제 나갈 일만 남은 거다. 이대로 보내야 하다니 믿기지 않는다. 다시 만나기 위해 8년을 기다렸다. 갑자기 우현의 바짓가랑이라도 잡고 늘어지고 싶은 기분이 들어 진영은 자신을 다스리기 위해 애써야 했다. 진영은 심호흡을 했다. 천천히, 크게, 들이쉬고 내쉬고 들이쉬고 내쉬고. 신경정신과 선생님과 과호흡에 대비해 연습해 뒀던 호흡법이었다. 호흡을 해도 어깨의 떨림이 시작되었다. 진영은 곧 자신이 흐느껴 울 것을 알았다. 울지 말고 아이를 보내 줘야 한다. 지금의 우현은 4D 캐릭터이기도 하지만 진영에게 우현의 영혼 그 자체이기도 하다. 그래서 그토록 한 끼를 배불리 먹이고 웃으며 배웅하기를 바라는 것이다. 그것을 믿지 못한다면 이런 것들 모두 하나도 의미가 없는 것이다.

"다녀오겠습니다."

신발 끈을 다 묶은 우현이 마침내 고개를 돌리고 인사했다. 진영은 눈물과 땀으로 범벅이 된 헤드셋 안에서도 온 힘을 다해 웃으며 고개를 끄덕였다.

"우현아!"

진영은 현관문을 여는 우현을 불러 세웠다. 우현이 행동을 멈추고 진영의 눈동자를 빤히 쳐다봤다. '그곳은 어때?' '엄마 안 원망하니?' '미안하다, 우현아.' 수많은 말이 입안에서 맴돌았지만 차마 꺼내지 못했다.

"잘…… 다녀와."

가까스로 진영은 말했다. 우현은 환하게 웃으며 손을 흔들고는 문을 열고 나갔다. 쿵, 소리를 내며 문이 닫혔다. 진영은 주저앉을 것 같았지만 꼿꼿이 힘을 주고 우현이 빠져나간 문을 한참 동안 바라봤다.

PD는 천천히 종료 버튼을 눌렀다. 오늘의 첫 번째 일은 무난하게 끝났다. 뭐든 처음이 중요하다. 장사를 하는 사람처럼 PD도 첫 번째 고객으로 하루의 일진을 가늠하곤 했다. 이 판에도 진상 고객이 많다. 죽은 사람과의 재회라니 얼마나 감정적이 되겠는가. 처음에는 함께 공감하고 슬퍼하기도 했지만 해가 지날수록 그들은 PD에게 진상 고객이 될 수밖에 없었다. 시간은 정해져 있고 다음 고객은 기다리고 있고 하루의 스케줄이란 게 있다. VR 체험을 끝내고 싶지 않다고 울고 애원하고 화내 봤자 재생된 가상 현실은 이미 끝났고 다음 서사도 없다.

그런데 기계가 먹통이 되었는지 꺼지지 않는다.

다음 장면, 진영은 우현의 뒷모습을 쫓고 있다. 화질이 좋지 않다. 우현은 이어폰을 꽂은 채 백팩을 습관처럼 추스르며 앞으로 걸어 나간다. 역 근처에서 한 무리의 직장인들과 합류해 배수구를 빠져나가는 물처럼 순식간에 지하로 사라진다. 진영은 이런 장면이 있을 거라는 말은 듣지 못했다. 쿠키 영상이라도 되는 걸까. 의아한 마음에 진영은 엉뚱한 생각을 한다.

이런 장면이 있을 턱이 없다. 부스 안에서는 난리가 났다. 종료 버튼을 아무리 눌러도 꺼지지 않고 전원을 차단했음에도 화면이 지속된다. PD와 작가는 그 와중에도 차마 진영에게 다가가 헤드셋을 잡아챌 수 없었다. 화면에 보이는 건 분명 의뢰자의 아들 우현이 맞다. 누가 이런 화면을 끼워 넣은 걸까. 어떤 의도를 가지고 어떤 효과를 위해. PD는 이건 거의 초자연적인 현상이라 생각한다. 전원을 내렸는데도 화면이 재생되고 있다. 부스의 온도가 3도쯤 내려간 것처럼 느껴지며 팔에 오소소 소름이 돋는다. 어느 순간 가위눌린 것처럼 몸이 움직여지지 않는다.

화면 속의 우현은 지하철을 탄다. 가득 찬 사람들 속에서 얼굴이 시뻘개진 채 오도 가도 못 하는 자세로 버티고 있는 모습이 보인다. 장면들은 좀 이상하다. 소리가 없다. 마치 CCTV 화면들을 편집해 놓은 것 같다. 우현은 지하철에서 내려 회사로 향하고, 회사 안으로 들어가 작업복으로 갈아입은 뒤 일터로 향한다. 진영은 다리가 후들거려 주저앉았다. 무언가 이상한 일이 벌어지고 있다. 다음 장면을 절대 보고 싶지 않으면서 동시에 반드시 봐야 할 것 같은 기분이 든다. 이윽고 우현의 사수가 등장한다. 우현이 형이라 부르며 친하게 지냈던 사람으로 장례식장에 와 발인까지 도왔다. 공장장의 조카라고도 했다. 나중에 공장으로부터 위로금을 받아 주고 사후 처리를 하는 데 큰 도움을 받았다. 하지만 화면 속의 사수는 좀 다르게 느껴진다. 우현의 뒤통수를 자꾸 내려친다. 헤드록을 걸기도 한다. 장난을 치는 건지 뭔지 모르겠다. 하나 분명한 건 우현은 머리가 망가진다며 머리 건드리는 것을 싫어했다. 진영은 우현의 표정이 안 좋아지는 것을 보며 장례식에서 사수의 손을 잡고 울음을 터뜨렸던 순간을 지워 버리고 싶다.

장난만 걸던 사수는 우현을 혼자 두고 밖으로 나간다. 우현은 혼자 무거운 것을 이리 옮기고 저리 옮기고 기계를 살피고 정신없이 일한다. 잠시 뒤 컨베이어가 멈추자 우현은 기계를 멈추고 그 안으로 들어간다. 진영의 손에 땀이 나기 시작한다. 어금니가 딱딱 부딪힌다. 머릿속에 커다란 검은 터널이 만들어지며 그리로 빨려 들어갈 것 같은 기분이 든다. 헤드셋을 꽉 쥐고 진영은 혼절할 것 같은 것을 참아 낸다. 화면에 사수가 다시 등장한다. 사수는 우현을 찾는 듯 이름을 부르고 고개를 이리저리 돌리더니 기계를 작동시킨다. 부주의하게. '거기 내 아들이 있어!' 말도 안 나오고 움직이지도 못하는 악몽의 한 장면에 들어온 듯하다. 기계를 작동시킨 건 사수였다. 우현의 부주의가 아니었다. CCTV도 없다고 했다. 혼자 있을 때 벌어진 일이라고 했다. 아들의 죽음 직후 사수의 손을 잡고 울었다. 진영은 자신의 어금니가 갈리는 듯한 소리를 듣는다. 진영은 그대로 정신을 잃는다.

화면은 갑작스레 끝났다. 모두가 얼음이 된 채 멈춰 있다가 누군가가 땡을 외친 것처럼 사람들의 정신도 갑작스레 돌아왔다. 코디와 작가가 진영에게 달려갔다. 소란이 일자 세라가 들어와 응급 버튼을 눌렀고 곧

구급차가 도착했다. 길어 봤자 5분에서 10분 사이였다. 하지만 누구도 설명할 수 없는, 시간 밖의 시간이었다. 진영이 병원으로 실려 가고 스태프들은 상부에 보고한 뒤 급하게 회의를 했다. 이런 식의 오류가 어떻게 생기게 된 건지, 해킹을 당한 건 아닌지 하는 안건들은 모두 뒤로 미뤄졌다. 1. 기록할 것인가 말 것인가. 2. 진영에게 오류를 인정할 것인가 말 것인가. 이 두 개가 가장 중요했다. 작가는 당연히 이 사건을 기록해야 할뿐더러 진영에게 잘못을 인정하고 언론에 알려야 한다고 주장했다. VR 체험 역사상 유례없는 일이었다. 정확히 인과 관계를 파악해 같은 일이 반복되는 것을 막아야 한다. 게다가 우현 군 사건 역시 재조명되어야 한다. 기계 조작 미숙이 아닌 사수의 실수였다는 것이 반드시 밝혀져야 한다. 언론에 문제의 그 영상 녹화본을 보내야 한다. PD의 생각은 달랐다. 단순 오류도 아니고 트라우마를 건드릴 수 있는 치명적 오류였다. 더욱 정확히 하자면 그건 오류도 아니고 초자연적인 현상, 기계에 접신이 들린 일이었다. 알려진다면 사람들은 VR 체험을 기피하게 될 것이고 정부 지원이 끊길 수도 있다. 코디도 PD와 생각이 같았다. 고인과의 만남은 예측되고 계획된 만남이어야지 이런 통제 불가능한 상황이 발생한다는 게 알려진다면 큰 문제가 될 것이다. 설왕설래가 지속되던 도중 PD는 상급자의 전화를 받았다. 한 번도 만나 보지 못한, 최고 경영자라는 직위를 가진 사람이었다. 전화를 끊고 PD는 영상을 지웠다. 그리고 이 일은 절대 발설되지 않아야 한다고 말했다.

진영이 눈을 떴을 때 코디와 세라가 곁에 있었다. 진영은 어떻게 된 일이냐고 물었다.

"종종 심신에 충격이 커서 쓰러지는 분들이 있어요."

"내가 본 화면이 뭐였어요? 모두 봤죠?"

"구현이 아주 잘됐더군요. 힘드셨을 텐데 그래도 씩씩하게 잘 보내 주셨어요."

"같이 봤잖아요. 우현이가 공장에서 사고당하는 장면."

코디는 아주 슬픈 표정으로 그런 장면은 없었다고

말했다. 안정제를 맞아 꿈과 혼동이 된 게 분명하다고도 했다. 진영은 혼란스러웠다. 안 그래도 머리가 어지럽고 뇌가 부푼 스펀지처럼 머릿속에 가득 찬 기분이었다. 생각의 연결이 잘 되지 않았고 기억은 자꾸 토막 났다. 의사가 들어와 심신의 안정이 최우선이라며 수면제와 안정제를 주사했다.

"봤어요?"

세라가 병실을 나오며 코디에게 물었다. 코디는 근처에 사람도 없는데 주위를 살피며 둘째 손가락을 입가로 가져갔다.

"고객님 머리카락이 새하얗게 되었어요. 몇 시간 만에."

작가는 집에 돌아오자마자 맥주를 한 캔 땄다. 너무나 긴 하루였다. 자신의 생각과 주장이라곤 하나도 없이 오직 윗선에 잘 보이기 위해 말하고 행동하는 게 PD라는 건 알고 있었다. 하지만 이렇게까지 심할 줄이야. 몸을 움직이지 못하고 부스에서 바라본 화면과 덜덜 떨리던 진영의 손이 떠올랐다. PD가 멍청해서 다행이다. 작가는 휴대 전화로 문제의 화면을 재생해 봤다. 회의 도중 화장실로 빠져나가 클라우드 서버에 있는 재생 목록을 개인 전화로 옮겼다. 회의가 그런 식으로 끝날 줄 이미 예상했던 거다. 일단 자료는 확보했다. 하지만 이제 이걸 가지고 무엇을 할 것인가가 남아 있다. 이걸 가지고 뭐를 하든, 아무튼 자신이 직장을 잃게 된다는 건 자명한 일이다. 범인은 너무나 뻔하니까. 작가는 대출금과 적금, 할부금이 빠져나가는 통장을 한참 들여다봤다. 내부 고발자가 되었다는 사실이 알려지면 같은 업종의 일을 구할 수 없게 된다. 규모가 큰 VR 센터여서 연봉이 나쁘지 않았다. 취업할 때 동기들이 모두 부러워했다. 같이 부딪히며 일하는 상사가 PD 하나뿐이라 스트레스도 심하지 않았다. 그런데 왜 이 모든 것을 버리려고 하는 것인지 스스로도 이유를 알 수 없었다.

"우리 엄마랑 너무 닮았잖아."

작가는 혼잣말을 하며 가방을 뒤졌다. 아까 진영에게 받은 떡이 들어 있었다. 밥 한 끼 먹는 게 뭐라고 그 무거운 것들을 바리바리 싸 들고 오다니. 엄마들이란.

자식이 죽고 나서도 그 밥 한 끼가 마음에 그렇게 걸리는 것일까. 떡을 안주 삼아 맥주를 마시며 작가는 컴퓨터를 켰다. 그리고 나오는 첫 화면에 떡과 맥주를 그대로 뿜고 말았다.

'사고가 아니고 살인. VR에 다녀간 영혼.'

세라는 좀 전에 자신이 친 문구를 한참 들여다봤다. 폰트도 메시지도 너무나 적절하다. 다운 받은 화면에 자막을 입히고, 전후 관계를 설명하는 글을 달고, 당시의 뉴스와 함께 편집했다. 영상 편집본은 유튜브에 올리고 사진과 텍스트로 요약한 글은 모든 SNS 계정과 포털 사이트, 인터넷 커뮤니티에 올렸다. 인플루언서 친구들에게 도움을 청해 영상의 요약본과 영상의 링크를 그들의 사이트에 게재했다. 들불 붙은 것처럼 게시물이 퍼져 나갔다. 정말 우현의 영혼이 에버 어게인의 VR을 통해 다녀간 것인지, 오류라면 어떤 종류의 오류인지 의견이 분분했다. 당시의 사고가 재조명된 것은 물론이었다. 괜히 IT 특성화고 디지털 콘텐츠 학과를 다니는 게 아니다. 직장에서는 답답한 유니폼을 입고 로봇처럼 웃으며 같은 말만 하지만. 거기서 일한 지 벌써 세 달이 다 되어 가는데 누구도 어떤 프로그램을 다룰 줄 아느냐고 한 번도 묻지를 않는다. 오늘도 그 사건이 일어나는 모든 시간에 거기에 있었는데 다들 병풍으로 생각하는지 관심을 갖지 않았다. 조심조차 하지 않았다. 보안 체계가 허술한 회사의 메인 컴퓨터에서 영상을 다운 받는 건 식은 죽 먹기였다. 회의 중 말소리는 문밖으로 다 새어 나왔고 진실도 새어 나왔다. 세라는 우현이 낯설게 느껴지지 않았다. 그때나 지금이나 처지가 비슷한 산업체 실습생. 세라의 인턴 기간은 고작 일주일 남았다. 여기서는 인턴을 정직원으로 채용하는 선례도 없었다. 엿이나 먹으라지.

진영이 나눠 준 떡을 꼭꼭 씹으며 세라는 화면을 뚫어지게 쳐다봤다. 유튜브 조회 수가 엄청나게 올라가고 있다. 포털 사이트의 추천 영상으로 떴기 때문이다.

'제사 음식을 먹었으면 밥값은 해야지.'

새하얗게 변해 버린 진영의 머리카락을 떠올리며 세라는 생각했다. 아까부터 휴대 전화가 울리고 있었다. 에버 어게인. 회사였다. 회사의 이름이 새삼 눈에

들어왔다. '절대로 다시는.'

절대로 다시는 우현 같은 애들이 생기지 않았으면 좋겠다. 이번에야말로 눈을 크게 뜨고, 사람들이 제대로 봐 주었으면 좋겠다. 그러라고 배운 온라인 마케팅과 알고리즘이었다.

휴일

최진영

최진영

2006년 『실천문학』을 통해 등단했다. 장편소설 『원도』 『단 한 사람』 『내가 되는 꿈』 『이제야 언니에게』 『해가 지는 곳으로』 『구의 증명』, 소설집 『쓰게 될 것』 『일주일』 『겨울방학』, 산문집 『내 주머니는 맑고 강풍』 『어떤 비밀』 등을 썼다. 만해문학상, 백신애문학상, 신동엽문학상, 한겨레문학상, 이상문학상을 수상했다.

이번에는 같이 가지 않겠느냐고 큰 기대 없이 물었는데, 그 말을 기다렸다는 듯 윤은 알겠어, 대답하며 자리에서 일어났다. 의자에 걸려 있던 책가방 지퍼를 열면서 무엇을 챙겨야 하느냐고 윤이 물었다.

따로 챙길 건 없어. 그냥 인사하러 가는 건데, 뭘.

아, 그래.

윤은 가방에서 손을 떼고 서랍장을 열었다.

근데 네가 보여 주고 싶은 거 있으면 가져가도 되고.

윤이 나를 돌아봤다. 무슨 뜻이냐고 묻는 눈빛이었다.

그냥, 드라마나 영화에서 본 것처럼……. 있잖아, 그런 거.

언니는 가져갈 거 있어?

나는 고개를 저었다. 잠옷을 벗으며 윤이 물었다.

반바지 입어도 돼?

너 좋을 대로 해.

모자는? 모자 쓰고 가도 돼?

맘대로 해.

근데 모자 쓰면 예의 아니라고 들었거든. 영화 같은 거 봐도 모자 벗던데.

그건 예의도 예의지만 얼굴을 더 자세히 보여 주려고 벗는 거 아닐까.

아무튼 예의는 아니라는 거잖아.

밖에 햇볕 장난 아니야. 모자 쓰고 가. 가서 마음에 걸리면 벗든가.

윤이 예의라는 말을 꺼내서 조금 놀랐다. 윤은 예의를 차릴 마음이 있구나. 이제는 그런 마음이 생겼구나. 윤의 외출 준비를 기다리며 문단속을 하고 가스 밸브를 점검했다. 윤은 흰색 반바지에 검은색 반팔 티셔츠를 입고 모자를 쓴 채 방에서 나왔다. 예의를 챙긴다는 마음으로 검은색과 흰색 옷을 찾아 입은 걸까? 작은 크로스백에 무엇을 챙겼을지는 알 수 없었다. 현관문을 열고 집을 나서는데 윤이 물었다.

언니는 모자 안 써?

난 필요 없어.

나보고는 쓰랬잖아.

네가 먼저 쓰겠다고 했잖아.

햇볕 장난 아니라며.

머리 눌리는 거 싫어.

나보고는 쓰라고 해 놓고.

아, 네가 쓰겠다고 한 거잖아!

모자는 일할 때 쓰는 것만으로도 충분하다. 쉬는 날에는 머리카락과 이마에게 자유를 주고 싶다. 아파트 공용 현관을 나서자 뙤약볕이 쨍쨍했다. 버스 정류장으로 걸어가며 윤이 물었다.

얼마나 걸리지?

두 시간 반 정도.

그렇게 멀어? 전엔 금방 갔던 거 같은데?

그땐 자동차 타고 갔으니까. 오늘은 버스 갈아타면서 빙빙 돌아서 가야 되고.

……짜증 나.

그럼 지금이라도 집으로 돌아가라고 말하려다가 참았다. 윤에게 '짜증 나'는 그저…… 침 넘기는 소리 같은 거 아닐까?

근데 꽃은? 꽃 사 가야 되는 거 아니야?

윤이 물었다. 역시 '짜증 나'는 별 의미 없는 말이었던 거다. 손에 묻은 물처럼 금세 증발해 버릴 감정.

거기 매점에서 조화 살 수 있어.

난 조화 싫어. 가짜 꽃이잖아.

생화는 금방 시들잖아. 쓰레기가 될 거야.

그렇게 치면 조화는 쓰레기 아니야? 결국 다 쓰레기지.

티격태격 말을 주고받으며 정류장에 도착했다. 7번 버스가 사거리에서 신호를 받고 서 있었다. 도로를 향해 서너 발자국 다가서자 윤도 나를 따라 도로에 바투 섰다. 나는 뒷걸음하며 위험하니까 뒤로 오라고 윤을 끌어당겼다. 윤은 순순히 내 말을 들었다. 정류장 쪽으로 빠르게 다가오던 7번 버스는 우리 앞에 서지 않고 지나쳐 갔다. 우리가 위험을 무릅쓰고 도로에 바짝 붙어 서지 않아서겠지. 기사가 사이드 미러로 우리를 보면 버스를 세우지 않을까 싶어서 쫓아가며 손을 들었다. 버스는 전속력으로 멀어졌다. 아! 짜증 나! 윤이 소리를 질렀다. 이번에는 진짜 짜증이 가득 담긴 목소리였다. 20분 뒤에 다음 버스가 도착한다는 안내가 전광판에 떴다. 근처 편의점에 가서 아이스크림이라도 사 먹자고 윤에게 말했다. 윤이 앞장서 걸었다.

위험을 무릅쓰고 도로에 바짝 다가서지 않아서 우리는 20분을 잃었다. 만약 도로에 바짝 다가섰다가 몸이 기우뚱해서 사고를 당한다면 그건 우리 잘못이겠지. 정류장에 정차하지 않고 지나가 버린 버스 기사는 잘못이 없나? 예전에 같은 경험을 하고 버스 회사에 항의 전화를 했다. 그때 전화를 받은 사람이 말했다. 명확하게 승차 의사를 밝히는 게 좋다고. 버스가 정류장에 반드시 정차해야 하는 거 아니냐고 나는 따졌다. 그건 비효율적이라고 상대는 대꾸했다. 시간적인 면에서도 에너지를 생각해서도 탑승자가 명확하게 의사를 밝히는 편이 모두에게 효율적이라고 했다. 정말 이상한 것에다가 효율을 갖다 붙인다고 생각하면서 나는 재차 따졌다. 그럼 몸이 불편한 사람이나 어린아이는 어떡하느냐고. 도로에 바짝 붙어 서서 손을 흔들다가 다치면 버스 회사에서 책임질 거냐고. 상대는 내게 물었다. 당신이 그런 경우냐, 당신 몸이 불편한 거냐, 당신이 어린애냐, 어린애도 아니면서 왜 그런 걸 걱정하느냐, 일어나지도 않은 일을 왜 거론하느냐. 깔보고 비아냥거리는 목소리였다. 중년 남자가 항의 전화를 했더라도 똑같이 대꾸할까 궁금했다. 덩치 큰 남자가 버스 정류장에 서 있었더라도 버스 기사가 정차하지 않고 지나쳤을까도 궁금했다. 나는 정말로 그런 게 궁금했다.

버스가 나를 태우지 않고 지나가도 나는 할 수 있는 게 없다. 버스 회사에 항의를 해도 소용없고 경찰에 신고할 수도 없다. 다음 버스를 기다릴 수밖에 없다. 다음 버스가 나타나면 도로 가까이 다가가 손을 흔들면서 제발 나를 태우고 가라고 애원해야만 한다. 그래야 버스를 타고 내가 가고자 하는 곳으로 갈 수 있다. 다음 버스도 나를 그냥 지나치면? 그럼 또 다음 버스를 기다리거나 걸어가야겠지. 시간이 촉박하면 택시를 타야겠지. 계획에도 없는 지출이 발생하는 것이다. 버스가 정류장에 서지 않아서 늦었다는 내 말을 듣고 과장님은 타이르듯 말했다.

그럼 택시라도 잡아탔어야지. 그렇게 융통성이 없어서 어쩌니. 지각했다고 뭐라 하는 게 아니야. 지각하지 않기 위해 어떤 노력을 했느냐가 중요한 거야.

나는 고개를 숙인 채 죄송하다고 대답했다. 그날 점심시간 끝날 무렵 은성 언니가 나를 옥상으로 불렀다. 손바닥만 한 그늘에 쪼그려 앉아서 언니는 내게 수박 스무디를 건넸다. 나는 수박 스무디를 받아 들고 언니 옆에 쪼그려 앉았다. 언니는 아이스 아메리카노를 마시면서 자기 휴대 전화를 꺼내 녹음 파일을 틀었다. 과장님 목소리가 흘러나왔다.

속이 뻔히 보이는 거짓말을 눈 한번 깜빡하지 않고 뻔뻔하게 하더라니까. 야, 근데 핑계는 진짜 참신하더라. 버스가 안 섰다는 게 말이 되니? 늦게까지 술 마시고 놀다가 늦잠 잔 거야. 요즘 애들 뻔하지. 대학에서 힘들게 취업 준비하고 들어온 애들이랑 고졸들은 근성 자체가 달라. 홀에서 알바 뛰는 선주 알지? 걔도 전에 한 시간 넘게 지각한 적 있거든. 근데 걔는 변명을 안 하는 거야. 왜 늦었느냐고 물어봐도 죄송하다고, 무슨 일이 있었든지 자기 사정이니까 할 말이 없다고, 다음부터는 이런 일 없을 거라고 담담하게 말하는데 내가 괜히 울컥하더라고. 어린애가 속이 깊구나, 생활비 벌면서 학점 따고 취업 준비까지 하느라고 고생이 참 많겠다 싶고. 언젠가 걔가 지나가면서 하는 말이 학자금 대출이 벌써 천만 원을 넘어섰다는 거야. 졸업하고 취업하는 순간부터 두고두고 갚아야 하는데 자기 친구들도 다 비슷한 상황이어서 괜찮다고, 그런 말을 웃으면서 하더라고. 애가 힘든 티를 안 내는데 그것도 참 짠해. 선주에 비하면 경이 어려울 게 뭐 있니? 걔는 달리 준비하는 것도 없지 않아? 야간 대학이라도 다니든가. 아직 나이도 어린데 너무 나태한 거지.

언니가 재생 정지 버튼을 눌렀다. 언니의 플라스틱 컵에는 얼음만 남아 있었다. 나는 수박 스무디를 한 모금도 마시지 못했다. 나는 수박을 싫어한다. 수박의 비린 맛이 너무 역해서 먹지 않는다. 나는 언니에게 말한 적이 있다. 언니, 저 수박 못 먹어요. 먹으면 토할 것 같아요. 언니는 내 말을 기억하지 못하는 것 같았다. 사람들이 대부분 수박을 좋아하니까, 나도 수박을 좋아할 거라고 생각하는 것 같았다. 그러니까 언니는 나를 생각해서 만들기 쉬운 아이스 아메리카노가 아니라 번거로운 수박 스무디를 만들어 준 걸 수도 있다. 나는 수박을 못 먹는다고 다시 말하고 싶지가 않아서, 언니가 수박 스무디를 만들어 주면 그걸 가만히 들고 있다가 언니 모르게 화장실 변기에 버린다.

오늘 같이 점심 먹으면서 이 과장이 한 말이야.

언니는 컵에 남은 얼음을 와작와작 씹어 먹으면서 굳이 알려 줬다. 이 과장이 냉면을 얼마나 급하고 더럽게 먹었는지도 이어 말했다. 나는 험담을 들으며 생각했다. 선주는 나보다 한 살 어리니까 선주도 요즘 애들에 포함될 텐데……. 그러니까 '요즘 애들'도 고졸과 대학생으로 나뉘는 걸까. 고졸인 요즘 애들은 근성이 없고 대학교 다니는 요즘 애들은 고생이 많고 짠하고……. 그런 걸까. 은성 언니는 대학을 졸업하고 사설 아카데미에서 베이커리를 배워 자격증을 딴 다음 이 일을 시작했다. 과장님은 우리보다는 나이가 많고 자기보다는 어린 은성 언니를 '험담과 평가 공모자'로 활용했다. 언니를 붙잡고 틈날 때마다 어린 사원들 욕을 해대면서 공감을 강요하는 것이다. 그리고 우리 앞에서는 언니를 은근히 깎아내렸다.(ex. 4년제 나온 사람이 이 정도 머리도 안 돌아가니? 어릴 때부터 필드를 경험한 사람과 아닌 사람 차이가 이런 데서 나는 거야.) 그러니까 과장님은 자기 기분에 따라 고졸을 깠다가 대졸을 깠다가 때로는 두 존재를 모두 깎아내리는 사람이다.

내가 근무하는 대형 베이커리 카페는 우리 지역에서 꽤 유명하고 손님도 많다. 체인점도 전국에 다섯 개나 있다. 그중 세 곳의 체인점에 납품할 빵과 쿠키까지 우리 매장에서 만들어야 하기 때문에 홀이나 음료 담당 직원보다 베이커리 직원이 훨씬 많다. 사실 이력서를 보내면서도 나는 채용이 안 될 거라고 생각했다. 구인 공고에 '자차로 이동 가능한 분 우대'라고 적혀 있었으니까. 매장이 도심에서 먼 편이어서 자동차로 출퇴근이 가능한 사람을 우선적으로 뽑겠다는 의미였다. 이력서를 보내기 전에 매장 근처까지 가는 시내버스를 먼저 찾아봤다. 자동차를 타고 가면 20분 정도 걸리는데 버스를 한 번 환승해서 가면 한 시간 넘게 걸렸다. 채용되더라도 출퇴근 시간이 너무 길어서 힘들지 않을까 생각하면서도 이력서를 보냈다. 다른 곳보다 월급을 5만 원 더 줬기 때문이다.

돌이켜 보면 과장님은 처음부터 나를 깔봤던 것 같다. 면접 때 과장님의 말을 대충 떠올려 보자면……. 우리 매장 오픈 멤버 모집할 때 경쟁률 장난 아니었어. 그때는 스펙 좋은 애들 위주로 뽑았거든. 근데 자기들끼리 무슨 문제가 생긴 건지 갑자기 우루루 그만두는 바람에 우리도 지금 황당한 상황이야. 자기는 고졸인 데다 수상 경력도 없지만 그래도 이쪽에서 일한 경력도 있고 완전 초보는 아니고. 우리도 지금 갑자기 사람을 뽑아야 하는 처지니까 자기는 운이 좋은 거야. 베이커리 실장님은 우리 사장님이 특히 공들여서 스카우트한 분이셔. 깐깐하고 엄한 분이니까 밑에서 배울 수 있는 것도 많을 거야. 솔직히 우리 매장 아니면 자기가 그런 분 밑에서 일할 기회를 어디서 잡겠어? 자기는 정말 운이 좋은 케이스라니까……. '초장에 기를 죽이기 위해' 과장님이 그런 식으로 말했을 가능성이 크다고 은성 언니는 말했다. 그리고 또 은성 언니 말에 의하면, 오픈 멤버가 우루루 그만둔 데는 과장님 역할이 아주 컸다. 과장님이 편애하는 그룹과 그렇지 않은 그룹이 있었고, 과장님은 두 그룹을 차별 대우했고, 직원들 사이에 오해가 쌓여 분란이 일어났는데 정작 과장님은 요즘 애들 이기적인 건 정말 어쩔 수가 없다는 식으로 그만둔 직원들을 비난했고……. 휴, 더 말해 뭣하나.

　은성 언니는 처음부터 나를 친근하게 대해 줬다. 언니가 있어서 그나마 수월하게 적응할 수 있었다. 하지만 가까워질수록 언니는 조금씩 다른 모습을 보여 줬다. 아니, 과장님 때문에 언니도 변한 걸까? 내가 과장님을 별로 좋아하지 않는다는 사실을 눈치챈 다음부터 언니는 과장님이 나에 대해 어떤 험담을 늘어놓았는지를 시시콜콜 전했고, 녹음 파일을 들려줬고,(만약의 경우에 대비해서 녹음 파일을 모아 두는 것 같았다.) 이

중적이고 경박한 사람이라고 과장님을 헐뜯었다. 처음에는 과장님만 싫어하면 됐는데 이제는 은성 언니도……. 나는 잘 모르겠다. 나에 대한 험담을 굳이 녹음까지 해서 내게 전하는 이유가 뭘까. 그게 정의라고 믿는 걸까? 언니는 내 말도 몰래 녹음해서 다른 사람에게 들려주고 그럴까? 어쩌면 언니는 일부러 내게 수박 스무디를 만들어 주는 건지도 모른다. 자기가 만들어 준 수박 스무디를 한 모금도 마시지 않는다고 다른 사원들에게 나를 욕할 수도 있다. 솔직히 그런 상상이나 하는 내가 너무 싫고 한심하지만, 경험이 자꾸 더러운 상상을 부추긴다.

거의 녹아 버린 폴라포를 입에 털어 넣고 격렬하게 손을 흔들어 '나에게 승차 의지가 있다'는 것을 보여 준 뒤 7번 버스를 탔다. 우리가 자리에 앉기도 전에 기사는 급출발을 했다. 나는 간신히 버스 손잡이를 잡았고 윤은 내 팔을 잡았다. 우리는 운 좋게도 버스를 탔다. 운 좋게도 넘어지지 않았다. 운 좋게도 다치지 않고 자리에 앉았다. 서울의 디저트 업체에 취업한 수아가 서울의 시내버스에 대해 말해 준 적이 있다. 서울은 일단 사람이 많으니까 정류장마다 타고 내리는 사람이 꼭 있어서 버스가 정류장을 그냥 지나칠 수 없고, 도로에 차가 많으니까 서행을 할 수밖에 없다고. 사람도 많고 차도 많고 집도 많고 그 어느 곳보다 일자리도 많은 서울. 그러니까 서울에는 나처럼 고졸 직장인도 많겠지? 그럼 차별이나 무시도 좀 덜할까? 수아는 주로 서울 생활의 어려움에 대해 이야기했다. 특히 집값. 월급의 절반이 월세로 나가는 바람에 돈을 모을 수가 없다고 수아는 웃으면서 말했다. 힘든 이야기를 하면서 웃긴다고 웃었다.

고3 때까지는 나도 성인이 되면 서울로 올라갈 거라고 생각했다. 드라마나 영화에서 봤던 서울 사람들의 삶을 살아 보고 싶었다. 지하철을 타고 출퇴근하며 한강을 산책하고 주말에는 친구들과 맛집을 찾아다니는 삶. 서울의 밤을 아름답게 밝히는 한 점 불빛 속에 나의 집도 있기를 바랐다. 서울에 일자리를 얻은 친구들의 SNS를 보면 그들은 내가 상상하던 삶을 살고 있는 것만 같다. 아름답고 즐거운 순간에는 사진을 찍을 수 있으니까. 주방에서 반죽을 치대고 생지를 만들다가, 밀가루 포대를 옮기고 설거지를 하다가, 선임들에게 야단을 맞다가 느닷없이 셀카를 찍을 수는 없을 테니까. 그렇다는 걸 잘 알면서도 친구들의 게시물에 하트를 누를 때마다 조금씩 아주 조금씩 쓸쓸함이 쌓인다.

만약에 윤이 서울에 있는 대학교에 가겠다고 한다면 모든 걸 정리하고 무리를 해서라도 같이 올라갈 생각이다. 하지만 윤은 지금 고등학교를 자퇴한 상황이고, 대학교 진학 생각도 없는 것 같다. 엄마가 죽은 뒤 윤은 모든 것을 놔 버렸다. 장례식 끝나고 1년 넘게 윤은 집에서 한 발자국도 나가지 않았다. 출석일이 모자라 제적 처리 될 수도 있다는 담임 이야기를 듣고 나는 윤의 자퇴서를 대신 작성했다. 윤에게 이유를 묻고 사정을 하고 울고불고 싸우는 것보다는 그냥 그렇게, 내가 대신할 수 있는 일을 조용히 하는 편이 덜 힘들었다. 내가 몰아붙여서 윤이 나쁜 선택을 할까 봐 무서운 마음도 컸고……. 윤까지 죽으면 나는 더 살아야 할 이유가 없다. 꽃샘추위가 끝날 무렵부터 윤은 편의점에 가는 정도의 외출을 시작했고, 완연한 봄이 도착했을 때는 내게 먼저 말했다. 언니, 우리도 꽃을 보러 가자.

그래서 우리는 꽃을 보러 갔다. 버스를 타고 호수 공원까지 가서 커다란 벚나무가 줄지어 있는 산책로를 걸었다. 그날 꽃과 나무를 배경 삼아 우리 둘의 사진을 꽤 찍었다. 사진을 찍을 때마다 나는 생각했다. 이 사진이 영정 사진이 될 수도 있어. 사람 일은 알 수가 없으니까. 엄마의 영정 사진도 내 휴대 전화에 들어 있던 사진 중 한 장을 찾아내서 썼다. 윤의 중학교 졸업식 때 찍은 사진이었다. 그날 윤은 우등상을 받았고 친구들에게 선물과 편지도 많이 받았다. 엄마는 꽃을 사 오지 않았고 윤은 엄마에게 짜증을 냈다. 나는 지나가는 사람에게 휴대 전화를 건네 주며 우리 세 사람의 사진을 부탁했다. 사진을 찍을 때 윤은 엄마의 팔짱을 꼈다. 사진을 찍은 다음 윤은 엄마에게 다시 짜증을 냈고 나는 윤에게 화를 냈다. 사진 속 엄마의 얼굴은 무표정하다. 우리가 서로에게 화를 내기 전에 찍은 사진인지 이후의 사진인지 모르겠다. 윤은 기억할까? 윤과는 아직 그런 이야기를 나눌 수 없다. 언젠가는 이야기할 수 있겠지. 그런 날이 오는 것도 오지 않는 것도 슬프다.

버스가 우체국 앞 정류장에 잠시 멈췄다. 무심히 창밖을 쳐다보다가 길가에 서서 울고 있는 여자를 봤다. 여자 옆에는 아무도 없었다. 여자와 눈이 마주칠까 봐 급히 시선을 돌렸다. 버스가 출발하는 순간 다시 여자를 바라봤다. 여자는 팔뚝으로 눈물을 닦아 내고 있었다. 나도 저렇게 운 적이 있다. 버스를 기다리다가, 버스에서 내린 뒤에, 버스에 앉아서. 혼자 울 때는 아무와도 눈이 마주치지 않았다. 윤도 저렇게 혼자 운 적이 있겠지. 엄마도 그런 적이 있겠지. 혼자 울다가 팔뚝으로 눈물을 닦을 수 있다면 비교적 괜찮은 거다. 집으로 돌아갈 힘이 다시 차오를 수도 있을 테니까. 다음 정류장은 남부 오거리라는 방송이 나왔다. 나는 하차 벨을 눌렀다. 벌써 내려? 윤이 물었다. 여기서 갈아타야 돼. 자리에서 일어나며 대꾸했다. 버스에서 내린 뒤 24번 버스로 환승했다. 버스 뒷자리로 걸어가는 윤에게 네 정거장 뒤에 내릴 거니까 너무 뒤에 앉지는 말자고 했다. 하차 문 근처에 윤을 앉게 하고 나는 의자 손잡이를 잡고 섰다.

언니도 앉아.

윤이 빈자리를 가리키며 말했다.

됐어. 곧 내리는데.

창밖을 잠시 쳐다보던 윤이 물었다.

언니는 몇 번이나 가 봤어?

나는 윤을 내려다봤다. 윤이 이어 물었다.

혼자 갔어?

그렇지 뭐.

가서 뭐 했어?

그냥 가만있었어.

울었어?

아니.

윤은 다시 창밖을 바라봤다. 윤도 조금 전 길에서 혼자 울던 여자를 본 걸까? 그 여자를 보면서 나를 생각한 걸까? 가서 울지는 않았다. 가는 길에 울거나 오는 길에 울었다. 막상 유골함과 엄마 사진을 쳐다보고 있을 때는 아무 생각도 들지 않았다. 차분해지고 차가워졌다.

정류장에 내려 700번 버스를 기다렸다. 윤은 지친 기색으로 그늘을 찾아 쪼그려 앉았다. 가방에서 텀블러를 꺼내 윤에게 건넸다. 커피야? 윤이 물었다. 나는 고개를 저었다. 텀블러 뚜껑을 열고 물을 시원하게 들이켠 뒤 윤은 중얼거렸다. 커피 마시고 싶은데. 윤에게 텀블러를 받아 나도 물을 조금 마신 뒤 대꾸했다. 이렇게 덥고 땀 많이 흘릴 때 커피 마시면 안 좋아. 윤은 모자를 벗고 이마의 땀을 닦았다.

언니, 나도 일 배울래.

윤이 모자를 쓰며 말했다. 챙에 가려 윤의 얼굴이 보이지 않았다. 갑자기 매미가 울어댔다. 귀를 막고 싶을 만큼 날카롭고 자극적인 소리였다. 일? 무슨 일? 언성을 높여 물었다. 윤이 뭐라고 대꾸를 했는데 제대로 듣지 못했다. 윤이 자리에서 일어나며 도로 쪽으로 성큼성큼 다가섰다. 700번 버스가 오고 있었다. 야, 위험하다니까! 윤의 팔꿈치를 잡아당겼다. 경고를 하려고 했는데, 어쩐지 화를 내고 말았다. 윤은 개의치 않고 인도 가장자리에 서서 손을 높게 들었다. 윤이 아니라면 내가 저 자리에서 윤처럼 아슬아슬하게, 위험하게, 사고를 감수하고, 우리에게도 승차 의지가 있다는 것을 표현해야 할 것이다. 똑같은 요금을 내고 버스를 타는 어떤 사람들은 하지 않아도 되는 몸짓을 해야만 하는 거다. 돈을 내고 버스를 타겠다는 정당한 행위에도 어째서 구걸과 같은 몸짓이 필요하지? 대체 왜? 윤을 뒤로 잡아당기고 윤이 섰던 자리에 내가 섰다. 나는 위험을 감수하고 그럴 수 있지만 윤이 그러는 걸 보고 있을 수는 없다.

나도 언니처럼 빨리 돈 벌고 싶어.

버스 제일 뒷자리에 앉아 윤이 말했다. 윤이 뭔가를 하고 싶다고 말해서 마음은 놓였지만, 돈을 벌고 싶다는 말을 기대한 적은 없는데…….

학교부터 졸업해야지.

나도 특성화 고등학교 가서 일 배울 거야.

그냥 재입학하면 안 돼?

돈 벌고 싶다니까.

대학 안 갈 거야?

언니도 안 갔잖아.

나는 입을 다물었다. 우리는 서로 다른 곳을 바라봤다. 버스에는 사람이 별로 없었다. 버스 기사는 과속과 급커브와 급정지를 반복했다. 버스의 제일 뒤에 타고 있는 우리 자매의 안전 따위에는 관심 없는 것 같았다. 솔직히 우리가 버스에 타고 있는지도 모르는 것 같았다. 버스가 과속 방지 턱을 지나면서 윤과 나의 몸이 동시에 둥실 떠올랐다. 나도 모르게 윤의 가슴께를 한 팔로 가로막았다. 윤은 나의 허벅지를 꽉 눌렀다.

아저씨!

윤이 소리를 질렀다. 나는 하차 벨을 눌렀다. 벌써 내려? 윤이 나를 쳐다보며 물었다. 윤의 손을 잡고 서둘러 버스에서 내렸다. 버스는 빠르게 멀어졌다. 아직 한참 더 가야 하는 것 아니냐고 윤이 물었다. 나는 고개를 끄덕이면서 중얼거렸다. 근데 진짜 저 버스 타고 가다간 죽을 것 같아서.

근데 다음 버스도 저럴 수 있잖아.

정류장의 벤치에 앉으며 윤은 말했다. 외진 곳의 정류장이어서 버스 도착 안내 전광판도 없었다. 한적한 도로를 바라보다가 윤이 말했다.

언니는 어릴 때부터 요리 잘했잖아. 뭐든 금방 만들고.

나는 텀블러를 꺼내 물을 조금 마신 뒤 윤에게 건넸

다. 목을 축인 뒤 윤이 물었다.

빵 만드는 건 재밌어?

힘들어.

대답해 놓고 후회했다. 윤에게 힘든 티를 내고 싶진 않았다. 매미가 울기 시작했다.

근데 재미도 있어.

윤은 별다른 대꾸를 하지 않았다. 역시 힘들다는 말을 하지 말았어야 했나.

나는 돈 모아서 나중에 작은 빵집 차릴 거야. 빵집 이름도 벌써 생각해 놨어.

희망찬 이야기를 하고 싶어서 평소에 속으로만 하던 생각을 털어놨다. 빵집 이름이 뭐냐고 윤이 물었다.

크루아상.

크루아상?

응. 나는 크루아상 장인이 될 거거든. 내 매장에서는 크루아상만 팔 거야.

그것만 팔아서 장사가 될까?

크루아상 종류를 다양하게 만들면 돼.

천천히 고개를 끄덕이던 윤이 갑자기 활기찬 목소

리로 물었다.

그 빵집 나도 같이하면 안 돼?

그건……. 너는 네가 좋아하는 일을 해야지.

윤은 모자를 벗어 모자챙으로 부채질을 하며 느릿느릿 말했다.

언니, 있잖아. 내가 생각해 봤는데……. 뭘 좋아하느냐는 별로 중요한 것 같지가 않아. 다들 그렇게 말하잖아. 좋아하는 게 뭐냐고. 좋아하는 일을 찾으라고. 근데 진짜 중요한 건 좋아하는 걸 계속 좋아하는 거거든. 근데 그게 안 되는 것 같아. 좋아하는 걸 계속 좋아하도록 두질 않는 것 같아.

누가?

내 물음에 윤은 어깨를 으쓱하며 자조하는 표정으로 중얼거렸다.

뭐, 이 세상 전부가?

윤의 몸짓과 표정을 보고 나는 피식 웃었다.

그러니까 나는 있잖아, 좋아하는 일을 하는 것보다 싫어하는 일을 하지 않는 게 더 중요하다고 봐.

내가 싫어하는 일이 뭘까 생각했다. 일단 윤이 싫어

하는 건 나도 싫다. 윤이 우는 것도 싫다. 윤과 위험한 버스를 계속 타는 것도 싫고. 무시와 차별도 싫고. 서로 험담하는 사람끼리 한 공간에서 일하는 것도 싫고. 수박 스무디도 싫고······. 도로를 멀리 바라보며 윤이 말했다.

언니는 돈 버느라 힘든데 나만 혼자 대학 가고 그런 거 나는 싫어.

나는 지금 하는 일 좋아해. 힘들긴 해도······. 야, 그리고 돈 버는 일은 다 힘들지.

나도 돈 벌어서 보태면 우리가 크루아상을 좀 더 일찍 차릴 수도 있잖아.

너는 좋아하는 거 없어?

나는 아무것도 좋아하고 싶지 않아.

엄마는 느닷없이 죽었고 나는 가장이 되었다. 엄마가 죽은 날 나는 프랜차이즈 빵집에서 케이크를 만들고 있었다. 윤이 먼저 엄마의 사망 소식을 들었다. 윤은 병원으로 가는 대신 내가 일하는 빵집으로 왔다. 당시 사장님은 일주일 정도 쉬면서 마음을 추스르고 다시 출근하라고 했는데, 나는 그러지 못했다. 내 사정을 알고 있는 사람들 틈으로 돌아갈 수가 없었다. 만약 그때 내가 대학생이었다면……. 어쩌면 나는 더 많이 방황했을지도 모른다. 지금 윤은 방황하는 중일까? 그렇다면 다행이다. 방황하는 윤의 곁에 있을 수 있어서 다행이다.

근데 언니 꿈 멋있는 거 같아. 크루아상 장인.

윤이 모자를 눌러쓰며 말했다.

엄마가 들었다면 또 엄청 걱정했겠지만.

윤의 말을 듣고 상상했다. 엄마가 살아 있었다면 나의 계획을 듣고 했을 말들. 네가 그걸 할 수 있겠느냐, 장사는 아무나 하냐, 몇십 년 대출금만 갚다가 인생 끝난다, 월급 받으면서 사는 게 제일 속 편한 거다……. 내가 특성화 고등학교에 진학할 때도 엄마는 혼자 엄청 걱정했다. 엄마는 내가 하는 일은 다 안 될 거라고 생각하는 것만 같았다. 뭘 한다고 해도 걱정, 안 하겠다고 해도 걱정. 나는 엄마의 그런 말을 무시하는 편이었고 윤은 싸우는 편이었다. 윤은 엄마에게 짜증을 내면서 이렇게 외치곤 했다. 할 수 있어! 할 수 있다고! 그러면 나는 그만 좀 하라고 윤을 말리곤 했는데.

멀리서 700번 버스가 다가왔다. 우리는 버스에 올라 나란히 자리에 앉았다. 에어컨 바람이 시원했다. 피곤하면 눈 좀 붙이라고, 도착하려면 한참 더 가야 한다고 말했다. 윤은 내 어깨에 머리를 기대고 눈을 감으며 중얼거렸다.

엄마한테 가서 다 말하자. 언니는 나중에 꼭 사장님이 될 거라고. 엄마 혼자서 잔뜩 걱정하게 두고 우린 잘 사는 거지.

머릿속으로 생각만 할 때는 실현 불가능한 꿈처럼 느껴졌는데, 윤이 멋있다고 말해 주고 정말 이루어질 일처럼 얘기하니까 기운이 났다. 할 수 있을 것만 같았다.

그래. 엄마 혼자서 잔뜩 걱정하게 두고.

나는 입 모양만으로 윤의 말을 따라 했다.

잘 살자. 우린.

너에게 맞는 속도

허진희

허진희

2020년 『독고솜에게 반하면』으로 제10회 문학동네청소년문학상 대상을 수상했다. 청소년소설 『좀비몰이꾼 이기 1·2』 『좋아한다는 거짓말』 『노파람이 아르바이트를 그만둔 날』, 장편소설 『샴페인과 일루미네이션』 『영의 상속』 『악의 주장법』 등을 썼다.

"쟤가 개야. 우로빈."

도일이 내 허리를 쿡 찌르며 수군거렸다. 명문 미르 고등학교에 수석 입학한 수재를 보는 눈치고는 영 못마땅한 듯 깔보는 눈빛으로.

"어쩌다 운 좋게 일등 해 놓고 진짜로 왔네? 어떻게 버티려고."

도일은 도저히 믿을 수 없다는 듯이 고개를 저었다. 예비 순위에 있다가 간신히 합격한 도일에게 한물간 튜터 1.5로 톱을 차지한 우로빈은 눈엣가시 같은 존재나 다름없었다. 까놓고 말해서 걔가 미르고랑 어울린다고 생각해? 나쁘게 말하려는 게 아니라 사실이 그렇잖아. 어차피 들어와서 얼마 버티지도 못하고 중간에 뛰쳐나갈 거라면 처음부터 안 하는 게 낫지. 괜히 다른 사람 자리 빼앗지 말고.

합격 통보를 받기까지 내내 비슷한 말만 떠들어대던 도일은 아직도 생각이 바뀌지 않았는지 좀처럼 입을 다물지 않았다.

"시끄러, 음도일. 첫날부터 정신 사납게 떠들지 말고 너 할 일이나 잘해."

다행히 나는 도일을 다룰 줄 안다. 우린 같은 병원에서 태어났고 같은 유치원, 같은 초등학교와 중학교를 다녔다. 도일은 가끔 거칠게 굴고 말도 막 내뱉는 편이지만 다루기 어려운 녀석은 아니다. 내가 적잖이 까칠하게 굴어도 어느 정도 선만 지킨다면 웃으며 받아 주는 편이고.

"내가 뭘. 솔직히, 사실이 그렇다는 거지."

도일의 말버릇. 나는 도일이 무슨 의도로 그렇게 말하는지 안다. 솔직히 말해 봐. 너도 그렇게 생각하잖아. 하여간 다들, 생각하는 거 별반 다르지도 않으면서 위선 떨기는.

하지만 정말 솔직히 말하자면, 도일의 그런 말투는 날 짜증 나게 만들 뿐이다.

"누가 알아? 끝까지 잘 버텨서 수석으로 졸업할 수도 있는 거지."

"수석은 무슨. 이번 학기말 시험에서 바로 떨어진다에 한 표."

"떨어진다고? 일등은 못 할 수 있어도 설마 떨어지기야 하겠어."

그건 네 희망 사항이겠지. 내가 코웃음을 치자 도일이 발끈했다.

"백구슬, 그럼 우로빈이 일등 하는지 못 하는지 내기할래?"

"또?"

"왜, 자신 없어?"

도일이 태세를 바꾸어 능글맞게 웃으며 약을 올렸다. 내가 도일을 잘 아는 것만큼 도일 역시 나를 잘 안다. 도일이 도발하면, 나는 넘어간다. 그건 우리 둘 사이의 정해진 공식 같은 거였다.

"······뭘 걸 건데?"

도일이 씩 웃어 보였다. 새삼 이 녀석이랑 붙어 다니는 이유가 징그러워져서 그만 고개를 돌리고 말았다. 그러자 이번엔 저편에 단정히 앉아 입학식이 시작되길 기다리는 우로빈의 모습이 시야에 들어왔다. 차분한 낯빛 위로 언뜻언뜻 비치는 긴장감과 기대감. 그 얼굴을 보니 문득 사람을 놓고 내기를 한다는 게 께름칙해졌다.

그때 도일이 턱을 당기고 눈에 힘을 주며 말했다.

"튜터 3.0 한정판 코스튬."

"한정판?"

얼마 전 도일이 뽑기에 성공한 튜터 코스튬은 멋스럽기도 하거니와 튜터 능력치 향상에도 상당히 도움이 되는 아이템이다. 상당한 운이 있어야 얻을 수 있지만 순전히 운만으로는 얻을 수 없는 아이템. 그동안 도일이 코스튬 획득 확률을 높일 수 있는 이런저런 아이템들을 모아 두었던 건 분명 노력의 일환으로 볼 수도 있겠지만······. 사실 그 노력을 가능하게 하는 건 현실적인 투자다. 한마디로, 돈. 돈이 없었다면 그런 노력조차도 불가능했을 것이다. 시간을 아무리 들인다 해도 말이다. 아무튼 도일이 한정판 코스튬까지 걸고 내기를 제안했다는 건 그만큼 이 내기를 꼭 하고 싶다는 뜻이었다.

"난 뭘 걸면 되는데?"

"한 달 동안 날 음도일 '나으리'라고 부르고 여름 방학 수학 숙제 다 해 주기."

"흥, 그럴 일은 절대 없을 거야."

나는 도일을 살짝 흘기고 자신만만한 표정을 지어 보였다. 내기에 응할 때 지어 보여야 하는 마땅한 표정이자 도일의 승부욕을 자극할 수 있는 적당한 표정이었다.

"오케이, 그럼 하는 거다? 역시 백구슬."

도일이 엄지를 들어 올리더니 눈을 내리뜨고 웃었다.

───※───

미르고는 매 학기 시험을 봐서 탈락자를 만들어 낸

다. 압박감이 없으려야 없을 수 없는 시스템이다. 하지만 그렇게 끝까지 살아남은 졸업생은 자동으로 미르대에 입학하게 된다. 그러니 그 정도 압박감은 이겨내야 한다. 미르대에 가서도 치열한 경쟁이 있다 하지만 그건 지금 당장 신경 쓸 문제가 아니다. 아니, 거기까지 신경 쓸 여력이 없다.

사실 대부분의 학생들은, 그러니까 나나 도일 같은 경우는 만에 하나 중간에 탈락한다 해도 갈 만한 다른 좋은 학교가 많다. 일단 미르고에 입학했다는 사실 하나만으로도 우리를 반겨 줄 곳은 넘치기 때문이다. 문제는 그런 학교들의 학비가 엄청 비싸다는 데 있다. 미르고는 국가 차원에서 인재를 양성하기 위해 세운 학교이기 때문에 학비가 전액 무료이다. 모든 사람들에게 문이 열려 있기도 하고. 하지만 지금까지, 미르고에 우로빈 같은 애가 입학한 적은 단 한 번도 없었다. 튜터 업그레이드도 하지 못할 정도로 가난하다면 미르고에 입학하는 건 현실적으로 불가능하다. 인공 지능 튜터 1.5의 속도는 현재 최신 버전인 3.0에 비해 세 배 정도 뒤처진다. 그러니 우로빈이 미르고에 입학한 건

기적 같은 일이다.

"그럼 각자 튜터 켜고, 방금 전송한 문제 풀어 봐요. 가장 빨리 푼 사람 한 명에게만 가산점 줍니다."

수학 시간. 저마다의 취향으로 장식한 튜터들의 홀로그램이 떴다. 하얀 모자에 하얀 꼬리를 단 내 튜터의 머리 위엔 '백구슬 2043'이라는 이름이 떠 있다. 나는 슬쩍 왼쪽 앞자리에 앉은 우로빈의 튜터를 쳐다보았다. 맙소사. 아무리 그래도 아무것도 장착하지 않은 기본형 튜터는 너무한 거 아닌가? 초라한 애벌레 같은 외양의 튜터 머리 위로 로빈의 이름이 보였다.

"흐음."

책상 사이를 걷던 선생님이 우로빈 옆에서 걸음을 멈추고 신기한 듯이 로빈의 튜터를 살펴보았다. 로빈의 책상 위에서 열심히 몸을 꼼지락대는 앙증맞은 초록색 애벌레……. 역사 속에 묻혀 버린 고물 튜터가 눈앞에서 살아 있는 듯 움직이는데 어떻게 관심을 안 가질 수 있을까. 다른 아이들 역시 문제 풀이에 바쁜 와중에도 우로빈과 우로빈의 튜터에게 틈틈이 시선을 던지고 있었다. 하지만 우로빈은 코딩 창을 통해 튜터

와의 대화에만 집중했다. 얼마 가지 않아 교실 중앙의 가상 칠판에 제출 완료 메시지와 함께 제출자의 이름이 떴다.

"우로빈."

선생님이 로빈을 쳐다보며 말을 이었다.

"정말 빠르구나. 어디, 네가 만든 알고리즘을 한번 살펴볼까?"

반신반의하는 말투. 하지만 칠판에 뜬 풀이 과정을 훑는 선생님의 표정이 점점 복잡해졌다. 선생님은 호기심과 난감함이 얽히고설킨 듯한 얼굴을 하고서 한참 동안 칠판을 들여다보았다.

"이건 정말이지……."

낮은 한숨을 내쉬며 선생님이 말을 이었다.

"얼핏 봐서는 이해할 수 없지만 볼수록 정말 오묘하고, 그러면서도 간결하구나. 정말 대단해."

선생님은 기분 좋게 허를 찔린 듯한 표정으로 중얼거렸다. 나를 포함한 모두의 시선이 우로빈에게 몰렸다.

"별거 아니에요."

우로빈이 얼굴을 붉히며 겸손하게 대답했다.

겸손해할 필요 뭐 있어. 그냥 지금 실컷 뿌듯해하지.

나는 로빈의 동그란 뒤통수를 물끄러미 바라보며 생각했다.

어차피 얼마 못 갈 텐데.

그 순간 로빈을 위해 기뻐하는 존재는 오직 로빈의 튜터 하나뿐이었다.

초록색 애벌레가 몸을 흔들어댔다.

마치 언제까지나 영광이 계속될 거라는 듯이.

"모의고사 일등, 우로빈."

성적을 확인하는 내 목소리가 조금 떨렸다.

"아직 모르는 거야. 벌써부터 좋아할 거 없어."

도일이 잔뜩 인상을 찌푸리고 말했다. 내 떨리는 목소리를 듣고는 내가 신나서 흥분했다고 착각한 거 같았다.

"넌 아직 같은 수업을 안 들어 봐서 모르나 본데, 인정할 건 인정해. 우로빈은 천재야."

애써 마음을 가라앉히고 짐짓 으스댔다.

"아무리 천재여도, 인간은 인공 지능을 못 이겨 절대로."

매사 냉소적인 나와 달리, 도일은 확신을 잘 하는 편이다.

"지금 몇몇 문제 풀이는 빨리할 수 있을지 몰라도 진도가 더 나가고 학습 데이터가 많아질수록 속도전이 되어 버리고 마니까. 장담하는데 우로빈은 얼마 못 가."

합리적 추론이었다. 나 역시, 우로빈이 확실하게 상위권에서 자리매김하는 방법은 튜터 업그레이드밖에 없을 거라고 생각하고 있었으니까. 하지만 무슨 예언이라도 하듯 자신만만하게 구는 도일의 모습을 보니 빈정이 상했다.

"범인은 천재를 못 알아보는 법이지."

"그깟 입학시험 한 번 잘 못 봤다고 무시하는 거야?"

도일을 자극하기는 쉽다. 부모님을 포함한 주변 사람 모두가 도일의 기를 살려 준답시고 늘 칭찬만 해 줬기 때문이다. 언제 선을 넘을지 몰라 아슬아슬한 감은 있지만 그래도 가끔 한 번씩 도일을 깎아내리는 재미는 좀처럼 포기할 수가 없다.

"생각해 보니 한정판 코스튬도 별로 효과가 없었던 거잖아. 성적이 그 모양으로 나온 거 보면. 이거 내기 할 의욕이 확 떨어지네."

평소 같으면 도일이 몸을 움찔거릴 때 바로 한발 뒤로 물러났을 텐데 어째서인지 말이 한 번 더 나가 버렸다. 나는 대뜸 말을 던져 놓고 도일의 눈치를 살폈다. 그런데 도일은 의외로 더 발끈하지 않고 외려 풀이 죽은 얼굴로 변명하듯 말했다.

"그날 컨디션이 안 좋았을 뿐이야."

"그래? 그럼 이번 모의고사 성적은 왜 그래?"

"이번엔 내가 집중해서 공부했던 부분이 하나도 안 나왔다고. 너도 알잖아."

도일은 항상 내가 자신의 능력을 인정해 주길 바란다. 내 인정을 받아서 어디다 쓰려고.

하지만 점점 더 시무룩해지는 도일을 보니 좀 달래 줘야겠다는 생각이 들었다.

"알아. 그냥 운이 없었다는 거."

"그럼 왜 그렇게 재수 없게 말했어?"

"미안. 나 내기 걸린 일엔 예민한 거 알잖아. 나도 모르게 짓궂게 굴었어."

"못되게 군 거겠지."

덩치는 커다래서 부루퉁한 표정을 짓고 있는 도일을 보니 나도 모르게 헛웃음이 터졌다.

"그거 기억나? 우리 초등학교 때 내기했던 거."

"육상?"

"응. 너 날 이기려고 매일 새벽마다 연습하고 그랬잖아."

"그래서 이겼지."

"맞아. 네가 이겼지."

"난 항상 이기니까."

"그래, 넌 항상 이기지."

다시 기가 산 도일이 으쓱대기 시작했다. 나는 책을 펼치고 뭔가를 읽는 척 눈을 내리깔면서 도일의 몸짓을 시야에서 내쳤다. 한때 그런 도일의 모습이 귀엽다고 생각한 적도 있었다. 자신감 넘치고, 매사 확신에 가득 찬 모습. 사서 고민하지 않는 단순한 모습. 당연히 자신을 승자의 위치에 두는 모습.

하지만 도일은 아무것도 모른다.

안다고 생각하지만 모른다.

자신이 한 번도 나를 제대로 이긴 적이 없다는 사실을.

내가 도일과 항상 함께해 왔던 이유는 우리 집과 도일네 집이 지독하게 엮여 있기 때문이었다. 부모님은 내가 도일과 잘 지내길 바랐다. 싸우지 않고 사이좋게. 하지만 도일과 그런 환상적인 친구 관계를 유지하려면 내가 도일에게 전적으로 맞춰 주는 수밖에 없었다. 잘사는 집이라고 다 똑같이 잘사는 게 아니니까. 우리 집은 늘 우리를 앞서가는 도일네를 따라잡지 못했다. 언제나 뭔가가 조금 더 부족하고, 조금 더 느렸다.

어릴 적에 나는 언젠가 우리 집이 도일네보다 더 부유해지고, 더 명망 높아지면 도일이 내 비위를 맞추게 될지 항상 궁금해했다. 그런 순진한 기대를 접은 건 몇 살 더 먹은 뒤였다. 세상 모든 사람들이 똑같은 출발선에서 달리기를 시작하지 않는다는 사실을 깨달았을 때, 그리고 그 차이를 좁히기가 여간 어려운 게 아니라는 것을 알아차렸을 때 나는 내기에서 이길 생각을 아예 접어 버렸다. 영영 따라잡을 수 없을 텐데 그깟 내기에서 이기는 게 무슨 의미가 있을까? 내기에서 이긴들 찰나의 기쁨 외에 내게 돌아올 게 아무것도 없는데 말이다. 아, 우리 부모님과 도일네 부모님의 관계를 생각하면…… 그냥 이득이 없는 정도가 아니라 크고 작은 불이익을 감수해야 할지도 모른다. 일로든 돈으로든, 어느 쪽으로도 우리가 불리하게 얽혀 있으니까.

아무튼 정리하자면, 그래서 나는 이번에도 질 게임을 하고 있는 것이다.

도일이 내기를 걸면, 나는 응하고 진다.

아주 간단한 게임의 규칙.

그런데 그 간단한 내기에 살짝 변수가 생겼다.

로빈이 튜터 3.0을 얻게 될지도 모른다는, 생각지도 못한 변수가.

미르고는 항상 세계 최고 명문이라 자부하며 선도와 혁신을 부르짖지만 대부분의 명문 학교들이 다 그렇듯 미르고 역시 변화보다는 전통을 강조하는 보수적인 학교일 뿐이었다. 그러니 갑자기 우로빈에게 튜터 3.0을 장학금으로 지급하겠다고 결정을 내린 건 정말 뜻밖이었다. 전례가 없는 일이었으니까. 로빈의 가능성을 보고 투자하려는 것인지 학교의 이미지를 생각해 수준을 맞추려는 것인지 정확한 의도를 나로서는 파악할 길이 없었다. 하지만 의도 따위는 중요하지 않았다. 의도가 무엇이든 일은 똑같이 벌어졌을 것이다.

"학교는 아주 대단히 잘못 판단하고 있어."

도일은 더 이상 격한 감정을 내세우지 않았다. 도일의 표정과 목소리에서, 도일이 이 문제를 아주 진지하게 생각하고 있음을 알 수 있었다.

"언론이 로빈에게 주목하는 거 같으니까 우리도 신경 쓰고 있다는 취지로 준비한 이벤트인가 본데, 지금

학교 분위기를 전혀 읽지 못한 처사지."

"학교 분위기가 어떤데?"

"몰라서 물어? 지금 다들 난리 났잖아. 이건 뭐 무슨 기준이 있는 것도 아니고, 그냥 불쌍하다고 튜터를 업그레이드해 주는 게 말이 돼?"

"그건 불쌍해서가 아니라, 로빈이 워낙 잘하니까 장학금 차원으로……."

"우리가 언제부터 장학금이 있었다고."

그러니까 지금부터 만든다고 하잖아.

입 밖으로 튀어나올 뻔한 말을 꾹 삼키고 도일을 빤히 쳐다보았다. 내 눈을 피하는 도일의 속눈썹이 살짝 떨렸다. 도일은 눈을 내리깔고 웅얼거렸다.

"설마 내기 때문에 그래? 그래서 우로빈 편드는 거야?"

"내가 무슨 편을 들어?"

"우로빈이 튜터 3.0으로 이번 학기말 시험에서 일등을 한다 해도 코스튬은 네 거야. 애초에 꼭 튜터 1.5로 시험을 봐야만 한다는 조건 따위 달지 않았으니까. 그니까 마음에도 없으면서 자꾸 괜히 우로빈 편들 필요 없어."

아니, 그러면 안 되지. 내가 내기에서 이기면 안 되는 거잖아.

나는 결코 도일의 소중한 한정판 코스튬을 차지할 생각이 없었다.

"그렇게 이기는 건 나도 싫어. 우로빈이 튜터 3.0까지 가지게 되면 일등 할 게 뻔한데, 너무 쉽잖아."

재빨리 단호하게 말하고 나서, 따분한 표정을 지어 보이며 덧붙였다.

"그러니까, 이번 내기는 여기서 끝. 재미없어."

"구슬이 네가 그렇게 말한다면 뭐……."

도일이 잽싸게 내 말을 주워 담으며 마지못해 응한다는 듯 코를 찡긋했다.

그리고 오직 위만 보고 쭉쭉 자란 사람이 던질 법한 기세 좋은 말들을 쏟아냈다.

"아무튼 이건 불공평한 처사야. 우리도 튜터를 업그레이드하려고 얼마나 노력했는데, 누군 그냥 거저먹는다는 게 말이 돼?"

도일은 정말로 억울해 보였다.

처음 보는 얼굴이었다.

⁓

 얼마 지나지 않아 미르고는 한바탕 난리를 치러야 했다. 학교의 원칙 없는 잣대에 반발한 학생들이 수업을 전면 거부하고 나선 것이다. 사실 원칙 없는 걸로 따지면 나야말로 둘째가라면 서러울 정도였다. 이도 저도 아닌 상태로 수업을 듣기도 하고 빠지기도 하면서, 내 알 바 아니라는 식으로 굴었으니까. 사실 난 학교도 아이들도 도일도 로빈도 죄 은근히 비웃고 있었다. 그런 마음의 바닥에는 얄팍한 허무함 같은 감정이 깔려 있었다. 자신의 자리에서 조금이라도 더 위로 올라가려고, 절대로 아래로 내려가지 않으려고 발악하는 모습들을 싸늘한 마음으로 지켜보는 건 중독성 있는 일이었다.

 "음. 우로빈, 백구슬. 오늘은 우리 셋이 수업을 해야겠구나."

 선생님이 교실을 휘둘러보고는 낮게 한숨을 내쉬며

말했다. 다른 수업에 비해 형편없는 출석률이었다. 우로빈이 단연 돋보이는 수학 시간이어서 그런 듯했다.

"근데 이거 어쩌나. 너무들 빠져서 진도를 나가기도 뭣하고……."

선생님은 곤란한 표정으로 말끝을 흐리며 밭은기침만 내뱉었다. 나는 바로 눈치챘다. 선생님도 나 같은 타입이라는 것을. 우로빈의 재능에 감탄하여 지지해 주고 싶다가도 학생들의 반발과 학부모들의 원성을 사고 싶지는 않아 애매하게 군다는 것을. 그래도 뭔가 이해를 바라는 눈빛으로 우로빈을 쳐다보는 건 너무하다는 생각이 들었다. 내가 우로빈이라면 아무것도 이해하고 싶지 않을 것 같았다. 아마 지금의 나보다 훨씬, 백배 천배 냉소적으로 변해 버리리라. 하지만 우로빈은 여느 때와 다름없이 단정하게 앉아 있을 뿐이었다. 마치 이런 수업에서조차 여전히 무언가를 배우고 얻길 갈망한다는 듯 준비된 자세로.

그 모습을 보니 별안간 짜증이 났다.

누가 뭐래도 앞으로 나아가려는 각오가, 힘들 거 뻔히 알면서도 각오를 다지는 모습이, 미움받는 데 개의치 않으려는 태도가 꼴 보기 싫었다. 나더러 위선 떤다고 솔직 운운하며 가르치려 드는 도일의 말버릇만큼이나 탐탁스럽지 않았다.

나는 심드렁하게 손을 들고 물었다.

"선생님, 오늘은 그냥 자습하면 안 될까요? 지난번 수업 내용이 너무 어려워서, 이참에 복습도 하고."

"그래? 그럴까? 그럼 자습하다가 모르는 거 있으면 물어보도록."

선생님이 반색하며 응했다.

그때였다.

"제 의견은 안 물어보시나요?"

담담하고 청아한 목소리. 나는 마치 로빈의 목소리를 처음 듣는 것처럼 귀를 쫑긋 세웠다.

"저는 진도를 계속 나갔으면 좋겠어요."

"어? 아, 그게……."

당황한 선생님이 나를 쳐다보았다. 또 또……. 자신도 그러고 싶은데 나 때문에 그럴 수 없다는 표정. 나를 쳐다보고 있지만 그건 분명 로빈에게 이해를 구하는 표정이었다. 선생님의 의중을 파악했는지 로빈 역시 천천히 나를 향해 몸을 돌렸다. 한 사람은 내가 의견을 계속 고집하길 바라고 있고 한 사람은 내가 의견을 바꾸길 바라고 있었다.

"오늘 수업 진도 나가는 거에 대해서 어떻게 생각해?"

로빈이 물었다.

"왜 꼭 그래야 해? 그냥 오늘 하루쯤은 자습해도 되잖아."

"왜 그러면 안 되는데?"

"오늘은 너무 많은 애들이 빠졌어. 우리가 오늘 진도를 나가 버리면 다른 애들이 피해를 입잖아."

사실 난 로빈에 맞설 생각도, 선생님 쪽에 설 생각도 없었다. 진도를 나가거나 말거나, 별로 중요하게 느껴지지도 않았다. 그런데 왜 계속 뻗댔을까. 어쩌면 그냥 로빈과 대화를 해 보고 싶었던 게 아닐까. 그런 것도 대화라고 칠 수 있다면 말이다.

로빈은 잠시 아무 말도 하지 않았다. 난 그저 되는대로 말을 내뱉었을 뿐인데, 로빈은 내 말이 생각할 거리나 되는 듯 굴었다.

이윽고 로빈이 다시 입을 열었다.

"그렇게 생각할 수도 있구나."

문득 내가 지금 뭐 하고 있는 거지 하는 생각이 들었다. 학교 전체가 로빈을 향해 적의를 내뿜고 있는 거나 마찬가지인 상황에서 굳이 나까지 나서서 로빈을 몰아붙일 필요가 있을까? 수학 한 시간 정도 로빈 뜻대로 하게 둔다고 해서 큰일이 나는 것도 아니고. 큰일은커녕, 외려 그게 정상인 건데.

"근데…… 난 그래도 수업을 듣고 싶어."

로빈의 차분한 목소리에서 남다른 고집스러움이 느껴졌다. 그런데 로빈이 드러낸 그 고집이 또 나를 자극해 버렸다.

"그래. 넌 천재 소리 들을 만큼 똑똑하니까 자습 따위 필요 없겠지."

작은 소리로 구시렁거렸다.

나는 내가 진짜로 로빈에게 하고 싶은 말이 무엇인지 잘 알지 못했다.

로빈이 안쓰럽다가도 그렇게 혼자 뭔가 해 보겠다고 버티는 모습을 보면 이상하게 화가 났다.

못 해. 넌 못 한다고. 어차피 안 될 일에 왜 힘 빼는 거야?

"아…… 그럼 진도를 어떻게 해야 하나……."

선생님이 주저하며 가상 칠판을 작게 띄웠다. 하지만 로빈도 나도 칠판 따위는 안중에도 없었다. 우리는 서로 똑바로 마주 본 채 상대의 생각을 가늠하고 있었다.

먼저 입을 연 쪽은 로빈이었다.

"똑똑하다거나 그래서가 아니야. 머리가 좋고 나쁜 거랑은 상관없어."

"그럼?"

"난…… 지금 이 순간이 소중할 뿐이야."

나는 아무 반응도 하지 못한 채 로빈을 멀거니 바라보았다. 그냥 이 순간이 소중해서라니. 예상하지 못했던 말이었다.

"다들 날 싫어하는 거 알아. 내가 학교 분위기를 망치고 있다는 것도 알아. 학교에서 장학금 발표를 철회하기 전에 내가 먼저 나서서 받지 않겠다고 말하면 다들 다시 수업에 들어올 거라는 것도 알아."

미움받는 이방인. 로빈은 자신의 위치를 정확히 파악하고 있었다. 워낙 담담하게 말해서 자기 연민 같은 건 조금도 느껴지지 않았지만, 로빈이 슬퍼한다는 건 알 수 있었다. 그 얼굴을 본다면 누구라도 알 수 있으리라.

로빈은 숨을 한번 들이마신 후 정돈된 목소리로 다시 입을 열었다.

"나도 다 알고 있어. 난 이곳에 어울리지 않지. 하지만 그래도 난 이곳에서 수업을 듣는 게 좋아."

그래. 나도 미르고에 다니는 게 좋아. 미르고는 누구나 오고 싶어 하는 학교잖아.

여기까지는, 우리 둘 다 똑같다. 우리 둘 다 똑같은 마음으로, 똑같은 시험을 치르고 입학했고, 똑같이 수업을 받고 있으니까.

그럼 언제부터 우리의 다름이 시작된 걸까.

정말 이게 다 장학금 때문일까.

다들 로빈의 존재를 마음으로 받아들이지 못했던 건 맞지만, 그래도 그전에는 이렇게까지 적극적으로 로빈을 내치려 든 적이 없었다. 하지만 어쩌면 그건 다

내 착각이고 자기기만이었는지도 모른다. 애초에 눈빛들이 있었다. 로빈의 얼굴에서 뭔가를 찾아내려고 번득이는 눈빛들. 아무거나 공으로 넙죽 받고 입 싹 닦으려는 뻔뻔함 같은 것을 찾아내려고 혈안이 된 눈빛들 말이다. 문득 그럼 난 지금 어떤 눈빛으로 로빈을 바라보고 있는지 궁금해졌다.

그때 로빈이 마치 내 생각을 읽은 듯 대꾸했다.

"그리고…… 장학금을 준다고 하면 거절하고 싶지도 않아. 내가 먼저 구걸해서 받고 싶은 생각은 없지만."

로빈은 아주 솔직하게 자기 생각을 말하고 있었다. 그런데 이상하게도, 로빈의 솔직함은 도일의 솔직함처럼 날 짜증 나게 만들지 않았다. 짜증은커녕…… 마치 온몸을 차가운 계곡물에 푹 담갔다 뺀 것처럼 시원해졌다. 복잡했던 머릿속도 일순간 쩡하더니 사뭇 개운하고 가뿐해졌다.

그래. 다들 핑곗거리가 필요했을 뿐이야. 이 안에서 핑계를 대지 않는 사람은 우로빈밖에 없어.

나는 가만히 로빈을 바라보았다. 부디 내 눈빛이 다

른 아이들의 눈빛과는 다르게 가닿기를 바랐다. 그런 바람을 입 밖으로 꺼낼 용기는 나지 않아서 그저 로빈을 바라보기만 했다.

로빈은 조금 어려운 문제를 푸는 것처럼 내 얼굴을 들여다보았다.

그리고 잠시 뒤 한결 가벼워진 목소리로 덧붙였다.

"알다시피 내 튜터는 아주 조금 살짝 느려서 말이야."

느닷없이 부드러워진 로빈의 표정 때문이었을까. 비로소 마음이 놓였다. 얼마 전까지만 해도 로빈과 내가 퍽 다르다고 여겼는데, 어찌 된 영문인지 더는 다름이 다름처럼 느껴지지 않았다. 그동안 속으로 반문했던 생각들, 로빈을 향한 가시 돋친 말들이 모두 헛생각, 헛소리처럼 느껴졌다.

"그래, 네 튜터가 느리긴 하지."

속웃음이 새어 나오려는 걸 참으며 받아치자 로빈도 지지 않고 대꾸했다.

"말했잖아. '아주 조금 살짝' 느릴 뿐이야. 튜터 1.5는 역대 가장 안정적인 버전이었다고."

"그래. 그렇다고 치자. 어쩌면 나한텐 튜터 1.5도 빠를지 몰라. 하지만 너한테는……."

나는 자조적인 어조로 말해 놓고 빤히 로빈을 쳐다보았다. 로빈은 내 눈빛을 피하지도, 얼굴을 붉히지도 않고 물었다.

"나한테는?"

너한테는 진짜로 너무 느리다고.

하지만 어쩐지 대답 말고 미소를 지어 보이고 싶었다.

로빈은 그제야 눈을 떨구고 쑥스러운 듯이 물었다.

"넌 내가 튜터 3.0을 가질 자격이 있다고 생각하니?"

로빈은 내 생각이 중요하다고 생각해서 묻는 걸까.

그런데 어쩌나.

이제 더는 상대방이 원하는 대답을 들려주고 싶지 않은데.

대신 선생님을 향해 말했다.

"생각을 바꿨어요, 선생님. 우리 진도 나가요."

로빈의 얼굴에 만족스러운 미소가 번졌다.

"이건 타협이 아니야. 어느 쪽에도 만족스럽지 않은 결과라고."

학기말 시험 당일, 1교시 시험을 앞두고 도일이 투덜거렸다. 우리는 종이 울리기 직전까지 복도를 어슬렁거릴 작정이었다.

"로빈이 일등을 할 가능성은 엄청나게 적어. 적어도 도일 넌, 이번 결정에 대해서 로빈보다는 만족스러워해야 하는 거 아니야?"

학교는 로빈이 튜터 1.5로 학기말 시험에서 일등을 해야만 장학금을 준다는 조건을 내걸었다. 그리고 그걸 타협이라고 불렀다. 그 타협을 토대로 공정한 장학금 제도를 신설하겠다는 계획도 밝혔다. 하지만 그런 조치에 기뻐하는 사람은 아무도 없었다. 로빈의 장학금이 불공평하다며 반대한 이들이 탐냈던 건 장학금 그 자체가 아니었으니까.

"가능성이 적다고? 정말 그렇게 생각해?"

도일이 의심쩍은 표정으로 물었다.

"응."

거짓말이 아니었다. 나는 처음부터 로빈이 튜터를 업그레이드하지 않는 이상 학기말 시험에서 일등을 할 확률은 희박하다고 생각했다. 내 믿음과 바람은 그와 정반대에 자리했지만, 뭐 그것까지 도일에게 말할 필요가 있나.

"그래, 뭐…… 나도 그렇게 생각은 하는데……."

도일은 내 말에 기대어 안심하고 싶어 하면서도 어딘가 영 개운치 않은 듯 눈썹을 찡그렸다.

"하아, 나 참. 별 이상한 애가 입학해가지고 한 학기 동안 이게 뭐냐."

"이제 너무 신경 쓸 거 없어. 마음을 너그럽게 가져."

나는 비아냥거리고 싶은 마음을 숨기고 농담조로 대꾸했다. 하지만 내 말속에 숨은 감정을 읽어 낸 도일의 얼굴이 금세 딱딱하게 굳어졌다.

"너그럽게? 왜 내가 너그러워야 하는데? 그리고 내가 너그럽지 못했던 건 또 뭔데?"

요즘따라 예리하네. 내 말뜻을 바로 알아채고 기분 나빠 하다니. 언제부터인가 부쩍 예민해진 것 같기도 하고.

도일의 반응에 살짝 당황한 나는 별 대꾸도 하지 못한 채 어깨만 으쓱해 보였다. 그러자 도일이 콧숨을 길게 내뿜으며 말했다.

"웃긴다. 너 진짜 하나도 모르는구나?"

"내가 뭘?"

"내가 널 얼마나 신경 써 줬는데. 너네 집 사정도 내가 그동안 알게 모르게……."

도일이 억울한 표정을 지어 보였다. 아…… 나 아는데, 저 표정. 로빈에게 장학금을 주는 게 얼마나 불공평한 처사인지 말하면서 지었던 표정. 사실 도일의 그 표정은 날 미치게 만들어야 마땅했다. 나는 도일에게 화를 내야 마땅했다. 하지만 그럴 수 없었다. 그러기에는 내가 도일을 너무 잘 알고 있었다. 너무나 속속들이 잘 알고 있어서 마냥 미워할 수만도 없는 녀석. 어쩔 때는 거울처럼 내 속된 면을 비추어 보이는 녀석. 도일은 나에게 그런 사람이었다. 도일의 억울한 표정은 날 화나게 만들기는커녕 씁쓸함만 느끼게 했다. 나 자신이 한심스러웠다. 도일에게는 화 한번 못 내면서 왜 그렇게 로빈에게는 어기댔을까. 그건 어떤 마음이었을까. 도대체 로빈에게는 어떤 마음으로…….

나는 한숨을 쉬듯 로빈의 이름을 읊조렸다.

"우로빈……."

"뭐?"

도일이 심기가 불편한 듯 한쪽 눈썹을 치켜올렸다. 나는 당황하여 입술을 오그렸다. 마치 그렇게 하면 뱉은 말을 다시 가무려 넣을 수 있는 것처럼. 도일의 눈치를 보고서 한 행동은 아니었다. 내 입에서 우로빈이라는 이름 석 자가 절로 새어 나와 당황스러웠을 뿐. 그런데 이게 웬일인가. 때마침 맞은편에서 우로빈이 걸어오고 있는 게 아닌가. 아주 작은 소리라 들렸을 리가 없는데도 로빈은 내가 자신을 부르는 소리를 들은 듯이 바로 고개를 돌려 나를 쳐다보았다.

"뭐야, 저 자식."

내 시선을 따라 몸을 돌린 도일이 어깨에 잔뜩 힘을 주고 로빈을 노려보았다. 하지만 제아무리 고자세를 취한들 헛수고였다. 로빈은 나만 바라보고 있었으니까.

로빈이 내 곁을 지나가며 짧은 인사를 건넸다.

"시험 준비 잘 했어?"

살짝 상기되어 있는 얼굴. 로빈에게는 결전의 날일 테니, 당연히 긴장되겠지.

"그럼. 누구 덕에 난 진도도 다 챙겼잖아. 너는? 장학금 탈 자신 있어?"

"자신은 모르겠고……."

로빈은 잠시 뜸을 들였다가 산뜻한 목소리로 말을 이었다.

"자격이 있다는 건 알지. 누구 덕분에."

내 덕일 리가 없다. 로빈 스스로 알아냈겠지. 난 그런 말을 한 적이 없으니까.

나는 내가, 로빈이 장학금을 받을 자격이 있는지 없는지 논할 자격이 없다고 생각했다. 하지만 로빈이 자신에게 맞는 속도로 세상을 배우길 바랐다. 뛸 수 있으면 뛰고, 날 수 있으면 날길 바랐다.

로빈의 눈빛은 그런 내 바람을 다 읽어 냈다고, 다 알고 있다고 말하는 듯했다. 로빈은 더 말을 보태지 않고 웃으며 돌아섰다. 우리에겐 더 필요한 말이 없었다.

"것 봐. 자신 없네."

로빈이 지나간 자리에 대고 도일이 씨불거렸다.

"자격이 있다는 건 뭔 소리야? 어차피 이번 시험에서 일등 못 하면 영영 장학금은 물 건너갈 텐데."

"그건 모르는 거지."

나도 모르게 발끈해서 말했다.

"모르긴 뭘 몰라?"

도일도 지지 않고 응수했다. 내가 빤히 도일을 쳐다보자, 도일의 시선이 살짝 흔들렸다. 하지만 도일이 자세를 가다듬고 다시 이기죽거리기까지는 오래 걸리지 않았다.

"백구슬, 그러면 우리……."

나는 도일의 입에서 나올 말을 기다렸다.

도일이 무슨 말을 할지 정확히 알고 있었으니까.

도일은 말할 것이다. 눈을 내리깔고 턱을 치켜든 채 자신이 생각하는 가장 공정한 방식의 게임을 제안할 것이다. 내가 도일을 잘 아는 것만큼 도일 역시 나를 잘 알고 있기에 내가 절대로 그 제안을 거절할 리 없다고 도일은 생각할 것이다. 아마도 그럴 것이다.

하지만 도일은 모른다. 다 안다고 생각하지만 여전히 모른다. 내가 어떻게 대답할지, 도일은 모를 것이다.

나는 오직 대답하기 위해 질문을 기다렸다.

나에게 달콤한 거절을 허하게 해 줄 질문을.

나를 솔직하게 만들어 줄 질문을.

우리의 자격을 못 박지 않게 해 줄 질문을.

마침내 도일의 입에서 기다리던 말이 나왔다.

"우리, 내기할래?"

나는 고개를 저으며 선언했다.

아니, 내기는 끝났어.

그건 내가 가장 듣고 싶어 하는 대답이었다.

에이저

이꽃님

이꽃님

2017년 『세계를 건너 너에게 갈게』로 제8회 문학동네청소년문학상 대상을 수상했다. 청소년소설 『내가 없던 어느 밤에』 『여름을 한 입 베어 물었더니』 『당연하게도 나는 너를』 『죽이고 싶은 아이 1·2』 『행운이 너에게 다가오는 중』 등을 썼다.

타닥타닥.

 충만은 죽을힘을 다해 복도 끝으로 내달렸다. 절대 그럴 리 없는데도, 숨이 턱 끝까지 차오르고 입이 바싹 말라 오는 것처럼 느껴졌다. 충만은 숨이 차는 느낌이 뇌파에 의한 착각일 뿐이라는 걸 알면서도 어쩐지 이번만큼은 '진짜'인 것만 같았다. 그때 복도 끝 창문이 와장창 깨지더니, 나무 막대 같은 것들이 마구 쏟아져 내렸다. 충만이 죽도록 달린 이유가 바로 저 끔찍한 나무 막대 때문이었다.

 "야, 충!"

누군가의 목소리에 충만이 재빨리 고개를 돌려 주변을 살폈다. 예술실 문 뒤에서 손 하나가 까딱이고 있었다.

"여기, 여기!"

제이였다. 제이 역시 다급하게 달리다 급히 몸을 숨긴 것 같았다. 고작 제이를 만났을 뿐인데 충만은 구세주라도 만난 기분이었다. 이번 에이저에서 제이와 팀이 됐다는 이야기를 들었을 때 충만은 날아갈 듯 기뻤다. 만날 때마다 티격태격하긴 했지만, 가장 친한 친구를 꼽으라면 둘은 여지없이 서로를 꼽을 사이였으니까.

충만이 예술실로 들어오자 제이가 빠르게 문을 닫았다. 예술실은 18미터 크기의 거대 조각상을 중심으로, 오래전부터 인류의 유산이라 일컬어지는 모든 예술품들이 실물과 완벽하게 같은 모습으로 전시되어 있는 곳이었다. 충만은 오늘따라 예술실의 모든 작품들이 섬뜩하게 느껴졌다.

"충, 저것 봐."

제이가 충만의 어깨를 툭툭 치더니 창가 쪽을 가리

켰다. 창밖으로, 번개가 치듯 두어 번 번쩍이더니 하늘에 선명한 글씨가 새겨졌다.

'전쟁.'

이번 에이저 키워드였다. 그걸 보는 순간 충만은 정신이 아찔해졌다. 전쟁이라니!

에이저에 통과한다는 건, 더는 지루한 가상 학교에 아침마다 로그인 하지 않아도 된다는 뜻이면서 동시에 '뭔가를 할 수 있는 사람'이 된다는 걸 의미했다.

"에이저에서도 제 능력을 발휘하지 못하는 사람에게 누가 '진짜' 일을 맡기겠습니까? 에이저야말로, 인간의 능력을 보여 줄 수 있는 최상의 학습법입니다."

사람들은 에이저의 중요성을 강조하면서 이렇게 말하곤 했다. 때문에 충만은 에이저를 앞두고 자신도 모르게 자꾸만 긴장됐다. 실패하면 어쩌지? 에이저에서 최하위 레벨을 받게 된다면? 아이들은 끊임없이 자신이 AI보다 더 나은 '인간'임을 증명해 보여야 했다. 에이저는 그 증명의 기준이 되는 일이었다.

게다가 에이저는 어떤 가상 현실에 충만을 데려다 놓을지 예상조차 할 수 없었다. 충만은 에이저가 끝나기를, 그것도 성공적으로 끝나기를 간절히 원할 뿐이었다. 때문에 에이저에 접속했을 때, 그저 매일같이 로그인 해 왔던 가상 학교가 배경이라는 사실에 충만은 만세를 불렀다. 학교를 배경으로 전쟁이 시작됐을 거라고는 상상도 하지 못한 채로.

"우리더러 전쟁을 체험하라고?"

"와, 욕 나오네. 이게 말이 되냐?"

제이가 허공에 주먹질을 하며 화를 냈고, 현실을 인정하고 싶지 않았던 충만은 한숨을 내쉬었다.

"공룡한테 밟혀서 로그아웃 된 형 얘기 들은 적 있냐?"

"알지. 어떤 누나는 에어저에 로그인 했더니 불난 학교가 시험 공간이었다더라."

충만의 말이 끝나기가 무섭게 제이의 입에서 "미친."이라는 말이 튀어나왔다. 제이는 충만과 달리 자신의 감정을 숨기지 않고 드러내는 아이였다.

"차라리 불난 게 낫지. 전쟁이 뭐냐 전쟁이. 어휴 진짜 답 없네."

불이 난 학교, 공룡이 있는 석기 시대로 모자라서 전

쟁이라니. 벌써부터 낙방해 로그아웃 되는 소리가 들리는 것 같았다.

"망할! 우주도 아니고 전쟁? 차라리 석기 시대가 낫지."

에이저가 생긴 건 어찌 보면 당연한 일이었다. 수십 년 전 AI가 모든 일을 대신하기 시작하면서 인류의 역할이 무엇인가에 대해 수많은 질문이 오갔다. 예전의 학습은 더 이상 아이들에게 '배움'으로의 가치를 가지지 못했다. 아이들은 아무리 공부하고 또 공부해도 결코 AI의 능력을 따라잡을 수 없었다. 기술은 끝도 없이 발달했고 사람이 할 수 있는 일은 점점 더 제한되었다. 아무리 열심히 해도 인공 지능을 이길 수 없다는 사실에 아이들은 좌절감을 느꼈고, 많은 것을 포기하기 시작했다. 결국 국제 교육부는 기존의 학습이 더는 의미가 없다는 사실을 인정해야 했고, 획기적으로 학습에 변화를 주었다. 그렇게 탄생한 것이 바로 에이저(artificial intelligence agent)였다.

현실과 구분되지 않을 정도로 완벽히 구현된 가상 체험을 통해 아이들은 우정, 협력, 지혜는 물론 위기대처 능력과 책임감을 배우며 결코 AI가 따라올 수 없는, 오로지 '인간'만이 해낼 수 있는 것들을 익혔다. 국제 교육부는 가장 인간다운 학습법이라 했고, 사람들은 '과학의 승리'라고 박수 쳤다. 물론, 시험을 치르는 아이들의 생각은 달랐지만.

"시험 한번 거지같이 내네."

제이가 마치 충만의 마음을 읽기라도 한 듯 투덜대며 말했다. 충만 역시 당최 이런 상황에서 뭘 느끼고 경험하라는 건지, 이딴 걸 시험이라고 낸 의도가 뭔지 짐작도 할 수 없었다.

"저 나무 막대기는 도대체 뭐야? 한번 봐 봐, 저게 뭔지. 포인트 메시지가 있을 수도 있잖아."

충만의 물음에 제이가 고개를 복도 밖으로 내밀 때였다. 그 옆으로 휘익! 바람처럼 날쌘 뭔가가 날아들어 와 제이의 귀 바로 옆, 벽에 꽂혔다. 제이와 충만은 짧은 순간 얼어붙었다.

"뭐, 뭐야 방금."

"소리 들었냐? 이거 왜 이렇게 진짜 같아? 나 방금 오줌 쌀 뻔했어."

제이의 말에 충만이 빠르게 눈을 내리깔며 제이가 실수한 건 아닐까 살폈다. 에이저 안에서 그러는 게 불가능하다는 걸 알면서도 말이다. 어쩐지 제이는 그러고도 남을 것만 같았다.

"잠깐만, 나 이거 본 적 있는 것 같은데."

충만이 뭔가를 떠올릴 듯 말 듯 머리를 쥐어짜는 동안, 마치 경고라도 하듯 쿵! 소리와 함께 커다란 바위가 날아들었다. 바위는 예술실을 깨부술 듯 날아오더니 문짝을 단번에 날려 버렸다. 충만과 제이의 눈에 공포심이 감돌기 시작했다.

"야, 충! 빨리 생각할 순 없냐? 이러다가 프로그램 아웃 되겠어."

"분명히 본 적 있는데, 뭐더라. 화, 뭐였는데……. 화…… 화, 그래 화살!"

"화살? 그게 뭔데?"

"왜 있잖아. 16세기 때쯤에 쓰던 전쟁 무기."

다시 한번 바위가 날아들었다. 콰쾅! 바위가 순식간에 예술실로 날아들자 조각상의 머리가 날아감과 동시에 우지끈 소리를 내며 몸 전체에 균열이 가기 시작했다. 둘은 누가 먼저라고 할 것도 없이 동시에 말을 내뱉었다.

"뛰어!"

⁓

 미치고 환장할 노릇이었다. 충만과 제이는 끔찍했던 예술실에서 간신히 빠져나와 공중 정원에서 숨을 몰아쉬었다. 지금 자신들에게 벌어진 일들을 당최 이해할 수 없었던 데다가, 공중 정원은 지나치게 고요해서 방금 예술실에서 겪었던 화살과 바위 세례가 마치 꿈같이 느껴졌다.

 공중 정원으로 이끈 건 제이였다. 이곳이 학교에서 가장 높은 장소인 데다가 높은 곳으로 화살을 쏘는 건 힘들 거라는 판단에서였다. 게다가 아래쪽 학교 건물에서 어떤 일이 터지는지 훤히 볼 수 있으니 나름 전략적인 장소였던 것이다.

"이제 어떻게 하지."

 충만이 한숨을 내쉬듯 말을 내뱉었다. 이게 무슨 일

인가 싶었다. 아무리 시험이라고 해도 화살이 날아들고 바위가 던져지는 상황 속에서 대체 뭘 느끼길 바라는 걸까. 당최 이런 상황을 '체험'하는 게 어떤 도움이 된다는 걸까. 깨달음이고 나발이고 간에 누구로부터 시작된 전쟁인지, 어째서 죄 없는 둘을 공격하는 건지, 도대체 누구와 싸워야 하는 건지라도 알 수 있으면 좋을 텐데.

"제이야. 우리 이러다 아웃 되면 어떻게 해?"

에이저에서는 프로그램을 마음대로 나갈 수 없었다. 다만 프로그램에서 위험을 인지했을 경우 자동 아웃 되기도 하는데, 프로그램 아웃은 에이저 속에서 체험을 제대로 해내지 못했다는 의미이기 때문에 자동으로 낙제였다. 그러니까 말하자면 최악이라는 뜻이었다.

"미쳤냐? 재수 없게 무슨 그런 말을 해. 아웃은 생각도 하지 마."

충만은 가끔 제이의 저런 자신감이 부러웠다. 절대로 불가능할 것 같은 상황에서도 제이는 실망하거나 겁먹는 법이 없었다.

"너, 포인트 메시지 받은 거 없어?"

포인트 메시지는 에이저 안에서 받을 수 있는 유일한 힌트로, 한 사람에게 하나의 메시지가 전달되는 것이 원칙이었다.

"아직. 넌?"

충만이 고개를 저으며 묻자 제이가 잠시 망설이더니 입을 열었다.

"받긴 받았는데, 내용이 개떡 같아."

"내용이 왜?"

"전쟁을 끝낼 수 없다면 끝까지 살아남을 것."

"뭐?"

"진짜 그렇게 적혀 있더라니까. 아, 짜증 나. 이것도 힌트라고 준 거냐고. 그럼 여기서 버티지 죽냐? 이딴 힌트가 어디 있느냐고."

제이가 잔뜩 토해 놓은 불만을 들으며 충만은 좌절했다. 충만의 머릿속은 자신을 비웃는 사람들의 얼굴로 가득 찼다. 얘기 들었어? 쟤 에이저에 떨어졌대. 몰라, 화살에 맞아서 아웃 됐다던가, 바위에 맞았다던가. 진짜 쪽팔리겠다. 차라리 공룡한테 밟혀서 아웃 되는 게 낫지. 16세기 전쟁에 아웃이 뭐냐, 아웃이.

"틀려먹었어. 우리 둘이서 여길 어떻게 통과해?"

"충, 너 설마 쫄았냐? 야, 걱정 마. 나 모의시험에서 혼자 우주선도 탔어."

제이의 말에 이번에는 충만이 코웃음을 쳤다. 우주선? 개나 소나 다 탄다는 그거?

"혼자 우주선 안 타 본 사람도 있어?"

"아니. 내가 탄 우주선은 아예 출발을 못 했어. 우주를 가야 프로그램이 끝나는데 아예 출발도 못 했다니까? 알고 보니까 고장 난 우주선이더라고."

고장 난 우주선 에이저에 갇혔었다고? 역시 제이였다. 충만이었다면 절대 통과하지 못했을 텐데 도대체 제이는 어떤 방법으로 통과했던 걸까?

"그래서 아웃 됐어?"

"장난하냐. 당연히 성공했지."

"어떻게 했는데?"

"그냥. 이것저것 눌러 보다가 열 받아서 주먹으로 내리쳤는데 갑자기 정상 작동이 되더라고. 운이 좋았지."

그럼 그렇지. 제이 저놈을 믿은 내가 바보지.

"걱정하지 마. 16세기 전쟁 무기라며. 그럼 그 나무 막대만 어떻게 피하면 된다는 거잖아."

"예술실 동상 박살 낸 바위, 벌써 잊은 건 아니지?"

충만의 말에 제이가 머쓱한 표정을 짓더니, 이내 손을 흔들며 걱정하지 말라는 말을 반복했다.

"그래 봐야 16세기 전쟁이야. 여긴 우리가 매일같이 드나들던 학교 공간이고. 그 말은 즉, 어디에 뭐가 있는지 훤하게 안다는 뜻 아니냐. 어떻게든 견디기만 하면……. 으아악!"

피유우웅, 두두두두!

그때 요란한 소리가 들리더니 공중 정원의 분수대 위로 뭔가가 마구 쏟아져 내렸다. 나무 막대나 바위 따위와는 비교도 할 수 없는 소리였다. 걱정 말라며 호언장담하던 제이도 주저앉아 머리를 감싸 쥐고 있었다.

"으아, 뭐야 이거!"

제이가 납작 엎드린 덕분에 충만의 두 눈 가득 잔인한 장면이 들어왔다. 어디서 날아오는지 예측조차 할 수 없는 곳에서 총알이 마구 쏟아졌던 것이다.

"제……이야. 너 다시 달릴 수 있지?"

"왜, 또 무슨 일인데? 불안하게."

"하나, 둘, 셋 하면 달리는 거야. 뒤도 돌아보지 말고 죽을힘을 다해서 달려야 돼. 하나, 두울……."

"으아아아!"

누가 떠밀기라도 한 듯 제이가 먼저 달리기 시작했고, 뒤늦게 충만이 그 뒤를 따라 내달렸다. 한참을 달려 충만과 제이가 내지르는 외침이 총소리보다 더 크게 들리기 시작할 무렵, 둘은 본능적으로 총알 세례가 퍼붓는 곳에서 멀어졌음을 알았다. 물론 제정신이 아닌 그 와중에도 서로를 비난하는 건 잊지 않았다.

"제이, 너! 치사하게 하나 둘 셋을 못 참고 먼저 뛰어?"

"치사하긴 뭘! 너도 뒤도 안 보고 뛰더만. 그리고 총알이라고 왜 말 안 해? 너 혼자 살고 보겠다 이거냐?"

"설명할 시간이 어디 있어, 총알이 막 쏟아지는데. 아이, 됐어. 접속하고 나서부터 계속 뛰었더니 이제는 너랑 싸울 힘도 없다."

"그래서. 여기 퍼질러 앉아 있게?"

퍼질러 앉아 있는 사람은 충만이 아니라 제이였지만, 충만은 그런 것까지 일일이 지적하고 싶지 않았다. 지금은 위급 상황이었고 충만은 여기서 꼭 살아남고 싶었으니까. 하지만 언제 전쟁이 다시 시작될지도 모르는 상황에서 뭘 어떻게 하면 좋을지 알 수 없었다.

"가자."

바닥에 아무렇게나 앉아 있던 제이가 엉덩이를 털고 일어서며 말했다.

"어딜?"

"화살도 없고 총알도 못 오는 곳으로 가야지."

"거기가 어딘데?"

제이가 충만을 데리고 간 곳은 커다란 나무가 끝도 없이 펼쳐진 러닝 숲이었다. 숲에서 청량한 향기가 뿜어져 나왔다.

"여기 진짜 오랜만이네."

제이가 추억에 빠진 표정으로 주변을 둘러보았다. 러닝 숲은 겉으로 보기엔 현실에 있는 울창한 나무숲과 똑같았다. 현실의 숲과 다른 점이 있다면, 매미나 잠자리 같은 곤충 대신 학습 상황에 따라 한글이나 알

파벳, 숫자나 도형 같은 것들이 돌아다닌다는 거였다.

"어렸을 때 여기서 한글 채집 엄청 했는데."

막 배움을 시작한 아이들은 에이저에 접속해 러닝숲을 뛰어다니며 '학습'을 즐겼다. 메뚜기처럼 숫자들이 풀숲을 뛰어다녔고, 9가 8을 잡아먹고 8이 7을 잡아먹는 모습을 보며 자연스럽게 더 큰 숫자에 대한 개념을 익혔다. 자신이 채집한 글자를 모아 동시를 짓기도 하고 도형과 숫자를 채집해 수학의 원리를 이해하기도 했다.

제이는 어린 시절 추억에 잠겨, 나뭇잎에 색을 감추고 붙어 있는 한글 '숨'을 보고는 빙그레 웃었다. 언제나 '숨' 자는 카멜레온처럼 꽁꽁 숨어 있어 채집이 힘들었던 기억이 떠올랐기 때문이다. 반면 충만은 전혀 즐겁지 않았다. 즐겁긴커녕 언제 공격이 다시 시작될까 걱정이었다.

"지금 어릴 때 추억이나 회상하고 앉아 있을 때가 아니야."

"걱정 마. 내가 지금 추억 팔이나 하자고 여기 온 것 같냐? 하여간 충만이 너는 가끔 보면 답답하다니까.

여기 오니까 뭐 떠오르는 거 없냐?"

충만이 못 미덥다는 듯 눈썹을 찌푸렸다. 제이는 그런 충만에게 잘 보라는 듯 두 손을 탁탁, 털더니 허리를 숙여 두리번거리기 시작했다.

"뭐 해?"

"뭐 하긴 글자 찾지. 너도 도와."

마치 작은 돌멩이를 찾는 사람처럼 쪼그리고 앉아 있던 제이가 곧, "찾았다!"를 외치며 주먹을 꼭 쥐고 흔들었다. 제이의 주먹 안에 '방' 자가 놓여 있었다.

"글자를 찾아 방공호를 만드는 거야."

제이의 말에 충만이 손바닥을 짝 소리 나게 치고는 환히 웃었다. 러닝 숲 안에서는 글자를 만들어 합치면 그것이 실체화 된다는 사실이 그제야 떠올랐기 때문이다.

"제이! 넌 가끔 보면 천재 같다니까."

방공호는 총알이나 화살의 공격으로부터 안전할 터였고, 제이가 받은 포인트 메시지 내용처럼 그 안에서 버티기만 하면 되는 거였다.

둘은 '공'과 '호'를 찾아 주변을 샅샅이 뒤지기 시작했다. 그러자 충만의 눈앞으로 보이지 않던 글자와 도형, 숫자 들이 신세계처럼 펼쳐졌다. 충만과 제이는 마치 어린 시절로 돌아가기라도 한 것처럼 깡충 뛰면서, 풀숲 사이와 돌 틈을 뒤집어 가며 채집에 몰입했다. 거미줄에 매달린 '호'를 발견했을 때, 제이와 충만은 서로 끌어안으며 소리 질렀다. 벌써부터 에이저 시험에 합격이라도 한 것 같았다.

"찾았다!"

멀리서 제이가 소리쳤다. 제이가 손을 오므려 '공' 자를 가지고 달려왔다. 마치 자길 봐 달라고 관심이라도 끄는 듯, '공'이라는 글자가 제이 주변을 데굴데굴 굴러다니고 있었다고 했다.

방공호. 세 글자를 한곳에 모으자 퐁, 하는 소리와 함께 방공호가 나타났다. 방공호는 작았지만 무엇보다 튼튼해 보였다. 화살이나 총알 따위에는 끄떡도 없을 것 같았다.

"이 정도면 문제없겠지?"

"문제없는 정도가 아니라 완벽해! 완벽."

방공호에 몸을 숨긴 둘은 만족의 웃음을 지으며 서

로를 바라보았다. 이제 에이저에서 통과하는 일은 시간문제라고 생각했다. 이제야 안심이 된 충만이 등을 벽에 기대었고, 제이는 바닥에 벌러덩 누웠다.

"충, 예전부터 궁금했었는데 말이야. 너 이름이 왜 충만이냐?"

"무슨 말이야?"

"아니, 네 이름은 다른 애들 이름이랑 좀 다르잖아."

제이의 말이 맞다. 에이원, 케이, 나인⋯⋯. 어느 순간부터 사람들은 아이의 이름을 지을 때 AI의 이름과 비슷하게 짓기 시작했다. 인간이라는 이유로 차별당하는 일이 없도록 하기 위해서였다. 그런데 충만은 누가 봐도 AI와는 거리가 먼 '인간'의 이름이었다. 충만도 부모님에게 비슷한 질문을 한 적이 있었다. 그때마다 부모님은 똑같은 대답을 했다.

"사람이 사람다워야지."

충만의 부모님은 자주 "사람다워야 한다."라는 말을 하곤 했다. 당최, 사람답다는 게 어떤 건지 충만은 이해할 수 없었다. 이름이 충만이라고 해서 사람답다고 할 수 있고, 제이라고 해서 사람답지 않다고 할 수는 없는 거니까.

"야, 내 말 듣고 있냐?"

"어?"

"네 이름이 왜 충만이냐니까."

제이가 다시 한번 더 이름에 대해 물어 왔다. 충만은 어깨를 으쓱거리고 되물었다.

"몰라. 그러는 넌? 넌 왜 제이인데?"

제이는 벌러덩 누운 채로 가만히 한곳을 응시했다. 그러더니 별거 아니라는 듯, 이렇게 답했다.

"몰라. 태어나 보니까 내 이름이 제이더라."

세상에 그렇게 멍청한 대답이 어디 있느냐는 듯, 둘은 누가 먼저랄 것도 없이 웃음을 터뜨렸다.

그때였다. 쿵! 피유우우 쾅! 마치 둘의 웃음소리를 견딜 수 없다는 듯 굉음이 들려왔다.

쿠콰콰쾅!

문에 나 있는 작은 구멍을 통해 밖을 살피던 충만의 눈 속으로 끔찍한 장면이 들어왔다. 나무 수십 그루가 부러지고 땅이 솟아올랐다가 터지는 모습이었다.

"폭, 폭탄이야."

"폭탄? 돌겠네 진짜."

제이가 혼란스러운 얼굴로 구멍을 통해 문밖 하늘을 올려다보았다. 회색 먼지가 잔뜩 낀 하늘에는 여전히 '전쟁'이라는 글자가 선명히 쓰여 있었다.

"전쟁이라고 했지 16세기 전쟁이라고는 안 했다 이거지."

제이의 중얼거림에 충만이 무슨 의미냐는 듯 제이를 바라보았다.

"전쟁이 갈수록 진화하고 있어."

"진, 진화?"

"화살 다음은 총, 그다음은 폭탄. 그러고 나면⋯⋯ 그다음은 뭐지?"

둘은 서로를 바라보았고 누가 먼저라고 할 것도 없이 동시에 말을 내뱉었다.

"핵전쟁!"

그리고 쿠쿠쿵.

아무것도 생각나지 않았다. 앞이 깜깜했고 아무것도 보이지 않았다. 아마도 '핵전쟁'이라는 단어가 나왔을 때 폭탄이 터지게 프로그램이 짜여 있었을 것이다. 그래서 그 짧은 순간 아무것도 생각하지 못하게 사방이 찢어지는 소리와 함께 몸이 날아가는 느낌을 고스란히 전해 받았던 거였겠지.

에이저 프로그램에 오류라도 난 것처럼 삐- 하는 소리가 한참 동안 이어졌다. 그리고 다시 앞이 보이기 시작했을 때, 충만은 방공호가 큰 충격으로 뒤집어졌다는 것과 자신이 아직도 방공호 안에 있다는 것을 알 수 있었다. 방공호 입구에 흙더미가 절반 이상 쌓여 있다는 것도.

"제이! 제이 너 어디 있어?"

"여기야, 충만아!"

방공호 밖에서 들리는 제이의 목소리에 충만은 안도의 한숨을 내쉬었다.

"너 괜찮아?"

"아직 네 목소리 잘 들리는 거 보면 로그아웃 당한 것 같진 않아."

이런 상황에서 농담하는 것을 보니, 제이도 심각한 상황은 아닌 것 같았다.

"충, 네가 이쪽으로 좀 와 줘야 할 것 같아."

흙더미를 기어올라 방공호 밖으로 나간 충만이 깜짝 놀라 소리를 질렀다. 폭격으로 쓰러진 나무 아래 제이가 깔려 있었던 것이다.

"제이야!"

할 수 있는 일이라곤 손과 발을 이용해 나무 밑의 흙을 퍼내는 것이 전부였지만, 충만은 쉬지 않고 흙더미를 퍼냈다. 하지만 코끼리 다리보다 두꺼운 나무는 꿈쩍도 하지 않았다.

"충. 너 에이저 누가 내는 줄 알아?"

"뭐?"

나무 아래 몸이 깔린 이 긴급한 상황 속에서 제이가 뜬금없는 질문을 던졌다.

"이 더러운 문제 말이야. 누가 이딴 걸 내는 건지 생각해 본 적 있어?"

"지금 그게 중요해? 너 이러다가 아웃 되면 어쩌려고……."

"AI."

제이는 어딘지 비장해 보이는 얼굴이었다.

"에이저 문제를 내고 우릴 평가하는 게 AI라고."

그럴 리가. AI가 하지 못하는 가장 인간다운 학습을 배우는 것이 에이저의 목표라고 늘 말하지 않았던가. '인간다움'을 AI가 어떻게 평가한다는 거지?

"망할 AI! 날 나무에 깔아뭉갰단 말이지. 두고 보자, 아오! 충, 나 좀 꺼내 줘. 나 진짜 갑갑해 미치겠어."

몸을 움직이기 위해 애를 써 보았지만 단단한 나무 아래 깔린 제이의 몸이 빠져나오기란 불가능해 보였다.

"여기 잠시만 있어."

"어디 가게?"

"글자 좀 찾고 올게. 굴삭기라든지 하여간 이 나무를 치울 수 있는 뭔가를 좀 찾아봐야겠어."

"다시 올 거지?"

제이가 엄마를 잃을까 염려하는 아이 같은 얼굴로 바라보자 충만이 장난스러운 미소를 지었다. 언제나 제이가 자신에게 그랬던 것처럼.

"그럼, 내가 어디 가?"

움직이지 못하는 제이를 홀로 두고, 글자를 찾기 위해 숲을 헤매던 충만은 러닝 숲 저 너머를 바라보았다.

숲은 깊었고 울창했다. 마치 세상의 끝까지 가도 영원히 러닝 숲이 끝나지 않을 것 같은 느낌이었다. 러닝 숲에 수십 번도 더 로그인을 해 봤지만 저 너머에 무엇이 있을지 한 번도 생각해 보지 않았다. 충만의 입에서 작은 한숨이 새어 나와 숲 너머로 사라졌다.

글자를 찾아 바위틈을 살피던 충만은 작게 반짝이는 조그마한 돌을 발견했다. 포인트 메시지였다. 서둘러 돌을 주워 손바닥에 놓자 손바닥에 글자가 새겨지며 포인트 메시지가 선명히 드러났다.

이번 에이저는 개인전이며, 더 오래 살아남는 사람이 높은 점수를 받습니다.

충만이 글을 다 읽자, 먼지가 날아가듯 손바닥에 새겨졌던 글자들이 사르르 지워졌다. 포인트 메시지를 받은 충만은 잠시 멍해졌다.

개인전이라고?

글자를 찾던 충만의 손길이 점점 더뎌졌다. 글자를 찾아 제이를 위기에서 구하고자 했던 충만의 마음은 진심이었다. 하지만…… 힘들게 제이를 구한 다음에는, 그다음에는 어떻게 되는 거지?

'더 오래 살아남는 사람이 높은 점수를 받습니다.'

충만은 자신의 손에 흙먼지가 조금도 묻지 않았다는 걸 깨달았다. 아무리 흙을 만지고 먼지 구덩이를 굴러도 충만의 손은 항상 깨끗했다. 마치 이건 '현실'이 아니라고 말하기라도 하는 것 같았다.

충만에게 제이는 더없이 좋은 친구이다. 하지만 둘 중 한 사람이 더 높은 점수를 받는다면 충만은 당연히 자신이 되어야 한다고 생각했다. 제이는 뭐든 대충대충이었지만 충만은 아니었다. 이번 에이저에 임하는 자세부터 달랐다. 충만은 이번 에이저에 모든 걸 다 걸었다고 해도 과언이 아니었지만 제이는…….

따지고 보면 충만과 제이는 실제로 얼굴 한 번 본 적 없는 사이였다. 친한 친구라고 말하지만, 에이저가 끝나고 더는 학교에 로그인 할 일이 없어져도 계속 연락을 하는 사이로 남을까? 아니다. 친구라는 건 얼마나 가볍고 또 가벼운 존재인가. 이 세상에 충만이 친구로 여길 만한 사람이 제이 단 한 명만 있는 것도 아니지 않은가.

충만의 손이 파르르 떨렸고 심장은 미친 듯이 뛰었다. 다시 제이가 있는 곳으로 돌아간다면 에이저를 통과하기 어렵다는 생각이 머릿속을 가득 채웠다. 하지만 제이를 저 상태로 둔다면…….

멀리서 천둥소리가 요란하게 들려오더니 구름 사이로 전투기 몇 대가 빠르게 지나갔다. 충만은 마른침을 삼키며 멍하니 하늘을 바라보았다. 지금껏 그랬듯이 약간의 소강상태가 끝나면 업그레이드된 전쟁이 새롭게 펼쳐질 것이다.

또다시 폭탄이 터지기라도 한다면? 그럼 여기서 충만과 제이 둘 다 그대로 아웃 되는 걸까? 에이저에서 아무것도 하지 못하고 아웃 당하면 얼마나 많은 이의 비웃음을 살까. 여기서 아웃 되는 순간, 인생의 기회들을 몽땅 날려 버리는 것은 아닐까. 그래, 사람들의 말이 맞다. 에이저에서도 제 능력을 보여 주지 못하는 사람에게 누가 기회를 준단 말인가. 글자를 찾아 서두르던 발걸음이 더는 움직이지 않았다.

충만의 심장은 미친 듯이 뛰기 시작했다. 그래, 전

부 다 괜찮을 거야. 어차피 이건 가상 현실일 뿐이고, 제이가 진짜 다치거나 죽는 것도 아니잖아? 에이저가 끝나면, 제이에게 안부를 물으면 그만이다. 게다가 충만이 말하지 않으면 아무도 충만이 점수를 위해 제이를 남겨 두고 도망쳤다는 사실을 알지 못할 터였다. 하지만…….

제이는 혼자서 절대 움직일 수 없다. 그대로 제이를 두기만 해도 충만이 더 오래 살아남을 수 있을 것이다. 그런 제이를 두고 굳이 도망칠 필요가 있을까? 게다가 에이저 프로그램이 내내 강조했던 것이 바로 우정과 협력이 아니던가? AI는 하지 못할 일. 반드시 인간만이 할 수 있는 일…….

그래. 친구를 배신하고 도망가면 오히려 점수가 깎일지도 모른다. 차라리 아웃 되더라도 함께 있으면 가산점을 주지는 않을까? 하지만 제이가 훨씬 좋은 점수를 받게 되면 어쩌지? 공중 정원에 가는 것도, 러닝 숲에 가는 것도 모두 제이의 생각이었잖아.

충만은 제이를 구해야 할지, 아니면 제이를 내버려 두고 폭격 속에서 도망쳐 더 오래 살아남아야 할지 판단이 서지 않았다. 그러다 문득 제이가 했던 말이 떠올랐다.

"에이저 문제를 내고 우릴 평가하는 게 AI라고."

제이의 말대로 AI가 에이저를 평가하는 거라면……. 누구도 충만의 속마음을 알 수는 없을 터였다. AI는 오로지 말과 행동으로만 점수를 측정할 터였다. AI는 충만이 제이를 위해 글자를 찾으러 갔다고 생각하고 점수를 매길 것이었고, 그렇다면 지금 아무것도 하지 않고 버티기만 한다면……. 생각이 거기까지 미치자 충만은 자기 자신이 무서워지기 시작했다.

어둡기만 하던 하늘에 석양이 지듯 밝은 빛이 다가오더니 이내 하늘 전광판의 숫자가 깜빡이기 시작했다. 에이저의 시간이 얼마 남지 않았음을 의미했다.

피우우우유.

여전히 아무것도 결정하지 못한 충만의 머리 위로 전투기 세 대가 날아왔다. 이내 충만은 눈을 질끈 감았다. 충만은 자신의 머리 위를 스쳐 지나간 전투기가 제이가 있는 곳으로 향한다는 걸 직감했고 곧이어, 쿠콰콰쾅.

세상이 망하는 소리가 들려왔다.

―∽―

시험 종료.

H63. 김충만
위기 속에서 대처 능력이 부족하며, 자신감과 판단력이 떨어짐. A63의 힌트에도 불구하고 기회를 잡지 못하며, 파트너에게 의존하는 모습을 자주 보임. 리더 그룹에 부적합.

A63. 제이
AI로서 자기 역할에 충실하며 뛰어난 인간화를 보여 줌. 오랫동안 파트너 역할을 해 오며 훌륭하게 인간의 역할을 수행함. 표정, 말투, 행동, 생각까지 모두 인간화되었으나 파트너 충만과 우정을 쌓아 위험 발언을 지속적으로 실행함. 에이저 역할 종료, 삭제 요망.

페페

이희영

이희영

단편소설 「사람이 살고 있습니다」로 2013년 제1회 김승옥문학상 신인상 대상을 수상하며 작품 활동을 시작했다. 2018년 『페인트』로 제12회 창비청소년문학상, 같은 해 『너는 누구니』로 제1회 브릿G로맨스릴러 공모전 대상을 수상했다. 장편소설 『안의 크기』 『베아』 『셰이커』 『페이스』 『여름의 귤을 좋아하세요』 『소금 아이』 『테스터 1·2』 『챌린지 블루』 등을 썼다.

늑대를 풀어 선생님을 공격했다. 누구도 접근 못 하게 학교를 봉쇄했다. 교실에서 불꽃놀이를 하고, 총을 난사해 마음에 안 드는 녀석을……. 이런 표현 썩 좋아하지 않지만 그냥 날려 버렸다. 그러니 수업 중 이상한 장면이 튀어나오거나, 학교 전체에 경고음이 울리거나, 외국어 시간에 태극기를 흔들며 독립 만세를 외치는 짓은 귀여운 장난이지 않을까.
 "한동안 잠잠하더니. 또 어떤 녀석들이 유치한 장난질이냐?"
 마루가 말했다. 녀석은 한울의 몇 안 되는 페페 중

한 명이다. 페페란 페이스 투 페이스(face to face)의 줄임말로 직접 얼굴을 맞대고 이야기하는 친구다. 영상통화도 셀프 대신 진짜 얼굴을 보일 정도로 가까운 사이다. 옛날에는 셀프를 아바타라 불렀단다. 온라인상에서 인간을 대신하는 캐릭터라나? 어른들 중에는 여전히 아바타라 하는 사람도 있었다. 아이들은 그냥 셀프라 했다. 더 정확히는 또 다른 자아를 뜻하는 디 아더 셀프(the other self)의 줄임말이다.

"어디 학교지? 어쨌든 애들한테 반응은 좋았겠네. 덕분에 수업도 엉망이 되었을 거 아니야. 그나저나 우리 학교에는 그런 또라이 천재들은 없나?"

"최마루 네가 한번 해 봐."

"미친놈이 아니면 천재도 될 수 없다는 건가? 실력 하나는 부럽다. 야, 혹시 걔들도 지난번에 교실 폭파 시킨 애들처럼 방송 타는 거 아니야?"

"타면 뭐? 그냥 모자 눌러쓰고 나올 텐데. 더욱이 진짜 얼굴 알아볼 사람이 몇이나 돼?"

"누군지 모르겠지만, 페페는 있을 거 아니야. 소문 쫙 나겠다."

"너도 학교 테러 도전해 봐. 아무리 네가 모자 눌러 쓰고 있어도 나는 너라는 거 한 번에 알아볼 수 있을 테니까."

"악담을 해라, 새끼야."

마루가 욕설과 함께 스크린 밖으로 사라졌다. 붉은 기가 남았지만 여드름이 많이 좋아졌다. 그러나 학교에서 마루의 여드름을 본 애들은 없었다. 녀석의 페페라 봤자 두셋이 넘지 않으니까. 마루의 셀프는 꽤나 지적인 이미지다.

"진짜 천재들이라면, 사이버 수사대에 걸리지 않았겠지."

한울이 휴대 전화를 꺼내 허공에 홀로그램 터치스크린을 띄웠다.

10대 학생들의 도를 넘는 사이버 테러.
학생들 사이에서 학교 공격 프로그램 개발 및 공유 활성화.
일반 학생들의 심각한 교육권 침해 우려.
지식보다 생명 존중 교육이 절실히 필요할 때.

까만 눈동자가 뉴스 헤드라인을 훑었다. 사진 속에는 모자를 눌러쓴 학생이 고개를 숙이고 있었다. 모자이크로 처리되었지만 어리바리한 표정을 엿볼 수 있었다.

왜 그랬느냐는 기자의 질문에 스크린 속 아이가 대답했다.

"학교에 사이가 안 좋은 애들이 있었어요. 저를 많이 놀렸거든요. 갑자기 화가 나서. 그래도 진짜 다친 사람은······."

아이의 말은 사실이었다. 늑대가 선생님을 공격하고 학교가 봉쇄되며 불꽃놀이가 벌어졌다. 그럼에도 손끝 하나 다친 사람이 없었다. 경찰이나 소방대원이 출동할 리 없지 않은가? 사이버 수사대는 바빠지겠지만.

"진짜 다친 사람이 생기면 사이버 수사대로 끝나겠냐?"

한울이 창밖으로 고개를 돌렸다. 덥고 습한 여름도 끝났다. 아침저녁으로 선선한 바람이 불어왔다. 가을은 천고마비라던데 하늘은 높고 말이 살찌는 것이 가을과 무슨 연관성이 있을까? 사철 뿌연 하늘에는 미세 먼지만 가득했다. 엄마가 처음 팬데믹을 겪은 나이가 열여섯, 아빠는 열다섯이라 했다. 그것이 끝이 아닌 시작이 될 줄은, 그 시절 중학생이었던 엄마 아빠는 전혀 상상하지 못했다. 그로부터 30여 년이 흘렀다. 악성 호흡기 바이러스는 끊임없이 진화했다. "이제 인류는 바이러스와의 전쟁이 아닌, 공존을 해야 하는 시대가 왔습니다." 오래전 어느 정치인의 외침은, 나의 죽음을 적에게 알리지 말라는 이순신 장군의 유언만큼이나 유명해졌다. 덕분(?)에 사람들은 빛을 피해 구석으로 숨어든 바퀴벌레가 되었다.

그러나 한울은 이 상황이 딱히 불편하지 않았다. 늘 이렇게 생활했으니까. 굳이 밖에 나가지 않아도 할 수 있고 즐길 수 있는 것은 많았다. 이제 인간은 신과 같은 호모 데우스에서 집에서만 생활하는, 생활하는…….

"몰라. 대충 호모 하우스라고 해."

막상 내뱉고 보니 그럴싸했다. 길게 기지개를 켜다, 허공의 터치스크린을 건드렸다.

"정부는 이번 주부터 각 대학 병원에 클린 돔(Clean dome) 시스템을 가동하기로……."

휴대 전화를 끄자 뉴스를 진행하던 앵커가 사라졌다. 한울이 침대에 누워 깍지 낀 손으로 뒷머리를 받쳤다. 클린 돔 시스템이라? 몇 년 전부터 사람들이 이야기하던 그것인가? 바이러스와 유해 균, 미세 먼지로부터 건물을 완벽히 차단하는 기술이라 했다. 24시간 돌아가는 거대한 청정 시스템. 실용화가 머지않았니 어쩌니 한동안 시끄러웠다. 그런데 드디어 개발된 모양이다. 클린 돔 시스템이 가장 필요한 곳은 병원일 것이다. 원격 진료에도 엄연히 한계가 존재하니까. 대학 병원 다음에는 어디일까? 요양원? 군대? 종교 시설? 어디가 되었든, 인구 밀집도가 높은 곳부터 시작하겠지. 한울이 눈을 돌려 뿌연 하늘을 올려다보았다. 이곳은 수도권과도 뚝 떨어진 지방의 소도시 M이다. TV 토론에 나온 시장의 말을 빌리자면, 대한민국에서 몇 남지 않은 청정 지역이다. 확진자의 곡선이 가파른 대도시와도 차이를 보이니까. 하지만 한울은 미처 예상치 못했다. 나가지 않아도 되는 문밖 세상으로 꼭 나가야만 하는 날이 올 줄은. 이제 곧 여름 방학이 끝나고 새로운 학기가 시작될 것이다.

문이 열리며 아빠가 안으로 들어섰다. 현관에 설치된 세정대에서 소독액이 분사됐다. 공항 검색대와 같은 모형인데, 금속을 탐지하는 대신 몸에 묻은 먼지와 유해 균을 제거해 줬다. 이제 현관에 세정대 설치는 필수이다. 아빠가 얇고 투명한 전자 마스크를 벗어 살균기에 넣고는 욕실로 향했다.
"엄마는 아직?"
아빠가 욕실을 나오며 물었다. 한울이 콕콕 오피스 룸을 가리켰다. 아빠가 일하는 곳은 7성급 호텔 주방이었다. 180층 스카이라운지 레스토랑은 아무나 갈 수 있는 곳이 아니었다. VIP들만 예약할 수 있는데, 서빙봇이 아닌 사람이 주문을 받고, 쿡봇이 아닌 최고의 셰프들이 직접 요리를 했다. 엄마와 한울도 지금까지 가 본 적은 없었다.

인간의 편의를 위해 로봇을 만들고, 인공 지능을 개발하며, 가상 세계를 이룩한 사람들이었다. 그런데 정작 자신들은 인간에게 서비스를 받길 원했다. 자율 주행이 아닌 인간이 운전하는 차를 타고, 인공 지능이 아닌 인간에게 스케줄을 묻고, 서빙봇이 아닌 인간에게 주문을 했다.

"오히려 더 번거롭고 어색할 것 같은데?"

언젠가 한울이 물었다. 아빠는 쓴웃음으로 대답을 얼버무렸다.

아빠가 손님을 직접 상대한다면, 엄마는 특별한 경우를 제외하면 늘 오피스 룸으로 출근했다. 엄마는 홈웨어 전문 의류 업체에서 일하는데, 고객들의 불편 사항이나 반품 및 환불 교환 업무를 담당했다. 딸깍 방문이 열리고 엄마가 밖으로 나왔다. 한울의 시선이 엄마의 낡은 파자마에 닿았다. 뭐 상관없었다. 엄마의 셀프는 깔끔한 정장 차림으로 업무를 봤을 테니까. 학교에서 마루의 여드름을 아는 녀석이 없듯, 아무도 엄마의 편안한 모습을 상상하지 못했다. 모든 것은 가상 현실 속 셀프가 대신했다. 엄마가 주방에서 벌컥벌컥 찬물을 들이켰다.

"오늘은 조금 늦었네?"

아빠가 물었다. 엄마가 대답 대신 긴 한숨을 내쉬었다. 뿌연 창밖으로 노을이 퍼져 나갔다. 또 하루가 저물어 가고 있었다.

아빠의 칼질 소리 뒤로 카레 향이 퍼져 나왔다. 세 식구의 평온한 저녁 식사가 시작되었다.

"우길 걸 우겨야지. 주문 기록이 버젓이 있는데, 사이즈가 잘못 왔다고 억지를 부리잖아. 내 셀프가 생글생글 웃으니까 나도 그런 줄 아는 모양인데, 어디 직접 만나서 따져 보자고 하려다 말았어. 어디서 막말이야, 진짜."

"막말이라니. 진짜 이상한 소리라도 들은 거야?"

아빠가 놀란 눈으로 물었다. 엄마가 어깨를 으쓱해 보였다.

"바로 접속 끊어졌어. 그 뜻이 뭐겠어. 이상한 말을 했단 증거잖아. 이제 우리 사이트 접속 불가능이야. 블랙 컨슈머로 차단될 테니까."

엄마가 허공을 노려보며 말했다. 마치 그곳에 블랙 컨슈머가 있다는 듯.

"지금은 시스템이 알아서 차단시켜 주기라도 하지.

옛날에는 다 직접 상대했잖아."

"셀프로 상대하니까 그랬겠지? 진짜 사람한테는 그렇게 못 할걸?"

한울의 한마디에 엄마와 아빠의 시선이 동시에 날아들었다.

"맞잖아. 아니에요?"

학교에서 짓궂은 장난을 치는 녀석들이 있었다. 외모를 놀리기도 하고, 괜스레 시비를 거는 아이들도 있었다. 비단 학교뿐만이 아니었다. 게임에서는 훨씬 강도가 높았다. 욕설과 비난이 자동으로 차단되니 새로운 은어를 만들어 공격할 정도였다.

사실 아이들이 이렇게 놀리고 장난을 할 수 있는 것도 상대가 모두 진짜 사람이 아닌, 셀프이기 때문이다.

"어쨌든 오늘은 피곤한 하루였어. 그나저나 홀로 렌즈를 바꿔야 하나? 눈이 점점 더 건조해."

엄마가 손으로 꾹꾹 눈두덩을 눌렀다.

"나는 괜찮은데."

한울이 말했다.

"너는 아직 젊잖아. 그리고 요즘은 방학이라 학교도……."

아빠가 말을 멈추고는 엄마에게 물었다.

"참, 학교에서 연락 온 거 봤어?"

"아까 낮에 왔었지? 일하느라 깜빡했다."

한울이 고개 들어 두 사람을 번갈아 보았다. 어쩐지 예감이 좋지 않았다. 방학인데 학교에서 연락이 왔다. 그 얘기를 하는 부모님 표정이 밝지 않다. 세상 모든 10대들은 알고 있다. 학교가 부모님께 연락하는 것도, 부모님이 학교에 관심을 기울이는 것도 전혀 달갑지 않은 뉴스라는 것을. 꿀꺽 씹지도 않은 당근이 저절로 넘어갔다.

"야, 이한울. 너 개학하면 학교 가야 해."

아빠가 말했다. 엄마가 동조하듯 고개를 끄덕였다.

"언제는 안 갔어? 당연히 개학하면 학교 가야지."

한울이 싱겁게 웃고는 카레를 떠먹었다.

"아니, 접속해 들어가는 거 말고. 진짜로 학교에 가야 한다고."

엄마가 손을 들어 현관을 가리켰다. 그 한마디에 갑

자기 딸꾹질이 터져 나왔다.

"개학하면 딸꾹! 어디를 간다고? 딸꾹!"

"학교."

두 사람이 동시에 대답했다.

가상 세계 즉 메타버스는, 휴대 전화로 하루를 시작하는 것만큼 일상이 돼 버렸다. 이제 주택 구입에 있어 기준이 되는 것은, 스쿨 룸과 오피스 룸이 얼마나 크며 다양한 활용도가 있는지에 달렸다. 일상 대부분이 가상 세계에서 이루어지니까. 역세권이나 학군이란 말이 사라진 지도 오래되었다. 엄마가 아침마다 오피스 룸으로 출근하듯, 한울 역시 스쿨 룸으로 등교를 했다. 그렇게 각자의 홀로 렌즈를 통해, 회사와 학교로 접속해 들어갔다. 가상 교실에 앉아 수업을 듣고 모둠 활동을 벌였으며 발표를 하고 시험을 봤다. 이제 아이들에게 학교는 그런 곳이었다. 가상 현실 속에서 수업을 받고 각자의 모습으로 만든 아바타, 즉 셀프 캐릭터로 생활하는 세계.

셀프 캐릭터는 반드시 학생 본인의 모습을 촬영한 이미지여야 합니다.
제출하신 학생의 증명사진과 동일한 모습을 권장합니다.
무분별한 캐릭터의 이미지 변형, 왜곡, 수정은 교칙에 위배됩니다.
교복 이외에 어떤 복장도 셀프 캐릭터에 허용할 수 없습니다.

예습 복습 철저히 하고 수업 시간에 집중하면 누구나 일등을 할 수 있었다. 그 사실을 몰라서 공부를 안 하는 애들은 없었다. 교칙도 마찬가지다. 그 간단한 규칙을 몰라서, 아이들이 자신의 셀프 캐릭터 꾸미기에 열을 올리는 건 아니다.

단순히 셀프만 그럴싸하게 꾸미면 될 것을 (마루의 말을 빌리자면) 몇몇 미친 천재들이 시끄러운 사건을 일으켰다. 해킹과 버그를 이용해 제멋대로 학교를 바꿔 버리다니. 그 결과…….

"아이들에게 가상 현실 세계가 아닌, 진짜 삶에서

학교를 경험하게 하는 건 어떨까요?"

"셀프 캐릭터가 아닌, 진짜의 모습으로 친구들을 만나는 것도 색다르지 않겠습니까?"

"사이버 테러는 절대 장난일 수 없습니다. 그 기저에 숨어 있는 생명 경시 사상은······."

"클린 돔 시스템을 학교에서도 한번 실행해 보시는 게······."

생각지도 못한 주장들이 고개를 들었다. 학생들을 가상 세계가 아닌, 현실의 학교로 보낸다는, 말도 안 되는 이야기들 말이다. 그런데 현실의 학교가 진짜 있기는 할까?

"내 말이. 현실에 학교가 어디 있어? 설마 TO로 모이라는 거야?"

마루가 우렁우렁 목소리를 높였다. TO는 Teacher's Office의 약자로 선생님들이 수업을 하는 공간인데, 대부분의 선생님들은 각자의 오피스 룸에서 아이들과 만난다. 그러니 현실에서는 진짜 학교라고 불릴 만한 곳이 없다. 완전히 사라졌다 하는 것이 정답이겠지만.

"너 지역 뉴스 안 봤어?"

한울이 풀 죽은 목소리로 말을 이었다.

"만약 진짜 등교라는 걸 하게 되면, 우리 호텔로 가."

"호텔?"

마루가 두 눈동자를 크게 부풀렸다. 한울이 고개를 끄덕였다.

왜 하필 임시 등교할 곳이 아빠가 일하는 호텔일까? 물론 호텔 특성상 사람들이 직접 숙박을 하고 밥을 먹는 곳이긴 하다. 그러니 여전히 세미나실과 회의실도 존재한다. 호텔에서 학생들을 위해 공간을 개방한다는 건, 명백한 이유가 있었다. 적은 비용으로 클린 돔 시스템을 사용할 수 있고, 언론의 주목을 받으며 자연스레 홍보 효과도 노릴 수 있을 테니까. 오래전 사라진 교실을 꾸며 놓는다면 추억의 관광 상품으로도 개발할 수 있었다.

"그런데 왜 하필 우리 학교야? 하려거든 큰 도시 애들부터 하라고 해."

마루가 우렁우렁 목소리를 높였다. 터치스크린 속 얼굴이 붉게 달아올랐다.

시장의 말을 빌리자면 M은 아직 청정 지역으로 꼽혔다. 클린 돔인지 뭔지를 시범으로 운영하기에 이보다 더 적합한 곳이 없겠지.

"와, 이거야말로 테러 아니냐? 갑자기 진짜 등교라니. 언제는 가짜 등교를 했나? 그나저나 셀프가 아닌 내 진짜 얼굴로 학교를 간다고? 애들이 얼마나 실망할까?"

마루는 금방이라도 울 것 같은 얼굴이었다. 페페인 한울이야 너무 자주 봐서 익숙하지만, 녀석을 셀프로만 봐 왔던 아이들은 조금, 어쩌면 많이 낯설어할 것이다.

"괜찮아. 다른 애들도 똑같아. 셀프 캐릭터 보정 안 한 애들이 어디 있냐?"

태연히 말했지만, 걱정되기는 한울도 마찬가지였다. 이럴 줄 알았으면 셀프의 코를 너무 높이지 말 것을. 얼굴형이나 눈매도 괜히 손봤단 생각뿐이다. 하지만 전혀 상상하지 못했다. 어느 날 갑자기 가상 세계가 아닌, 진짜 학교에 가게 될 줄은······.

"사실 진짜 문제는 보정한 셀프가 아니야."

마루가 힘없는 목소리로 한숨을 내쉬었다.

"나 진짜 학교 가면 든해 얼굴을 어떻게 보지?"

지난 학기 든해랑 마루는 사사건건 부딪혔다. 한쪽이 발표를 하면 다른 한쪽이 빈정거렸고. 한 명이 문제를 풀면 다른 한 명이 방해를 했다. 두 명의 셀프가 만나기만 하면 서로를 향해 으르렁거렸다.

"그러게 왜 별것도 아닌 것에 일일이 태클을 걸어."

"야, 나만 그랬냐? 그 새끼도 툭하면 나한테 시비 걸었잖아."

"너 방학 전에 든해한테 진짜 한번 붙자고 했지?"

"그 소리는 그 자식이 먼저 했거든."

"잘하면 현실에서 붙겠는데?"

"됐어. 너야말로 진짜 학교 가면 나 알은척하지 마라."

금방이라도 터질 듯 씩씩거리던 마루가 꼬리를 내렸다.

"솔직히 셀프 아니라 현실에서 든해 보면 나 아무

말도 못 할 것 같아. 어떻게 진짜 사람 얼굴을 보면서 재수 없으니까 꺼지라는 말을 하겠냐?"

마루가 한숨을 내쉬었다. 한울의 가슴도 무겁게 가라앉았다. 두 녀석 모두 진짜가 아닌, 셀프로 싸운 것이다. 셀프에게 욕을 했고, 셀프를 비난했고, 셀프에게 짓궂은 장난을 쳤다. 만약 진짜 사람 대 사람이었다면, 그토록 날 선 말들은 하지 못했을 것이다.

"그건 든해도 마찬가지일 거야. 너무 걱정 마. 만약 진짜 얼굴 보게 되면 먼저 사과해."

"야, 진짜 얼굴 보고 사과하는 건 쉬운 줄 알아?"

생각해 보니 일리가 있었다. 사람을 직접 만난다는 건 너무 어려운 일이었다. 마루는 게임이나 한판 하겠다며, 만약 학교 애들이 접속하면 당분간 욕설은 자제해야겠다고 말하면서 전화를 끊었다.

한울의 시선이 벽에 걸린 사진에 닿았다. 유치원에서 연극을 했는데 토끼 분장을 한 꼬마가 브이를 그리며 웃고 있었다.

꼬마들은 지금도 유치원에 다닌다. 그래 봤자 원생이 열 명을 넘지 않는 작은 곳이다. 아이의 성장 과정에 사회성은 반드시 필요하니까. 하지만 학교는 달랐다. 아무리 작은 학교라 해도 기본적인 규모가 있었다. 초등학교 입학과 동시에 가상 세계로 진입하고 자신을 닮은 캐릭터를 통해 학교 수업을 시작했다. 그럼에도 꾸준히 사회성 운운하는 어른들이 있었다. 그들은 아쉬운 대로 소규모 리얼 클래스에 아이들을 보냈다. 리얼 클래스라 그럴싸하게 부르지만 그냥 학원이란 뜻이다. 공부와 성적 향상보다는, 안전한 공간에서 또래들과 함께 어울리라는 취지로 만들어졌다. 예로부터 사교육이란, 공교육이 할 수 없는 서비스를 기막히게 제공하니까. 한울이 마루를 만난 것도 리얼 클래스에서였다. 그러나 몇 년 가지 못했다. 초등학교 3학년 때 리얼 클래스를 끊어 버렸으니까. 그 뒤로 공부는 쭉 가상 현실 속에서 이루어졌다.

기억에서도 지워진 유치원 생활. 하루에 한 시간이 전부였던 리얼 클래스. 이것으로 사회성이 얼마나 길러졌는지 알 수 없었다. 페페 친구 두어 명이 전부이지 않을까?

그 순간 휴대 전화가 울렸다. 누군가가 반 채팅 방

을 개설한 모양이었다. 마루가 허공에 터치스크린을 띄웠다. 화면이 열리기 무섭게 글자들이 우수수 쏟아져 내렸다. 반 채팅 방 개설 목적은 충분히 예상할 수 있었다.

진짜 학교를 가야 한다는 사실을 쉽게 받아들이는 이들은 없었다.

― 우리 아빠는 절대 못 보낸대. 클린 돔인가 뭔가를 믿을 수 없다나?
― 우리는 무조건 가래. 엄마는 오피스 룸으로 출근하는 것도 피곤해하면서?!
― 나 사실 키 그렇게 크지 않아.
― 나도 그사이 살 많이 쪘어.
― 셀프는 다 보정이잖아. 누가 진짜로 믿어. 교실 뒤 증명사진 안 보이냐?
― 너희들 만약 무인도에 갇혔는데 친구랑 홀로 렌즈 둘 중 하나만 선택한다면 뭐 할 거야?
― 그놈의 무인도 타령은 세상에 무인도가 몽땅 사라져도 계속되겠다.

―무인도에 홀로 렌즈가 무슨 소용이야?

―바보야. 그냥 된다고 치면.

―당연히 홀로 렌즈지.

―나도.

―뭘 물어봐, 홀로 렌즈가 압도적일 텐데.

―야, 어차피 우린 이미 무인도에 사는 거 아니야?

누군가가 말했다. 아니 입력했다. 그 한마디가 한울의 시선을 붙잡았다. 우리가 모두 무인도에 살고 있다고? 틀린 말은 아니었다. 그 속에서 모든 것이 가능했다. 쇼핑과 영화 관람, 공부와 친구를 만나는 것까지. 심지어 운동과 산책도 가능했다. 그 세계에서는 멋지고 활동적인 셀프가 학교를 다녔다. 우리 모두는 고립과 조난을 즐겼다. 이런 상황에서 다 늦게 나타난 구조선이 반가울 리 없지 않은가.

―나 학교 가기 진짜 무섭다. 너희들을 직접 본다니까 되게 이상해.

한울이 마지막 아이의 셀프 캐릭터를 보았다. 반에서 누구보다 활달하고 발표도 잘하는 녀석이었다. 학교 축제에서도 멋들어지게 노래를 불러 전교생의 박수를 받았다. 전적으로 셀프를 믿는 건 아니지만, 외모 역시 호감형이었다. 그러나 한 번도 아이의 진짜 모습을 본 적은 없었다. 등교가 무섭기는 한울도 마찬가지였다.

방 문 밖이 시끄러웠다. 휴대 전화를 꺼 버리자 허공의 채팅 창도 사라져 버렸다. 한울이 몸을 일으켜 거실로 나왔다.

"괜찮을까? 그 클린 돔 시스템이라는 거 말이야."

엄마의 미간에 선명한 주름이 잡혔다.

"나도 현장 근무 하잖아. 다들 마스크 쓰고 개인 방역 철저하게 해."

아빠가 가볍게 엄마의 손을 다독였다.

"당신은 원래부터 위생 관념 철저한 주방에서 일하잖아. 그런데 진짜 몰랐어? 호텔 세미나실이랑 회의실을 교실로 개조한다는 거."

"나도 뉴스 보고 알았다니까. 나는 주방에서만 일한

다고."

 진짜 등교를 하면 셀프 캐릭터가 아닌, 본모습으로 수업을 들어야 한다. 교실에 앉아 발표를 하고 모둠 활동을 하며 시험도 보게 된다. 한울이 초조한 표정으로 아랫입술을 짓씹었다.

 "그나저나 저 녀석 옷도 없는데."

 엄마가 난처한 표정을 지었다. 한울이 고개 숙여 제 몸을 훑어 내렸다. 낡은 티셔츠는 목이 늘어났고 무릎 나온 바지는 보풀까지 일어났다. 교복을 입고 등교하는 사람은, 한울이 아닌 셀프였다. 특별히 옷에 신경 쓸 필요가 없었다. 그건 파자마 차림으로 업무를 보는 엄마도 같았다. 계절별로 깔끔한 외출복이 있는 사람은, 현장 근무를 하는 아빠가 유일했다.

 "우선 시범 케이스라잖아. 필요하면 교복이랑 물품까지 학교에서 준비한댔어. 옷은 온라인으로 주문하면 돼. 드론 택배가 하루 만에 바로 배송해 주는데 무슨 걱정이야."

 아빠의 한마디에 엄마가 한숨으로 응했다.

 "한울이 선생님 참 젊으시던데, 갑작스러운 등교 수

업 너무 당황되시겠다. 여태까지 수업은 늘 '메타스쿨'에서만 하셨을 거 아니야. 진짜 학교가 다시 생기려나?"

"선생님들 다 비상이겠지. 우리 때도 비대면 수업이다 온라인 수업이다, 학교 가는 날보다 안 가는 날이 많았잖아. 그때 선생님들 진짜……."

아빠가 짧게 웃고는 말을 이었다.

"평생 교실에서 아이들만 가르치던 분들이 하루아침에 온라인으로 수업을 해야 한다니. 어쨌든 그 뒤로 교육 체계가 완전히 바뀌었잖아."

행사도, 축제와 저자의 강연도, 하물며 체육 대회까지 가상 세계 속 학교에서 이루어졌다. 한울에게 그곳은 진짜 학교였고, 교실이었으며, 진짜 친구들이었다.

"그러게. 그땐 집에서 온라인으로 수업한다고 난리였는데, 이젠 진짜 학교 간다고 학부모들이며 선생님들까지 초긴장이니. 세상이 어쩌다 이렇게 됐을까?"

"그나저나 한울이 학교 가면 급식도 할까?"

아빠가 물었다. 엄마가 두 눈을 크게 뜨며 소리쳤다.

"세상에! 언제 적 급식이야. 당신은 그걸 여태 기억한다?"

"당연히 기억하지. 우리 때 중고생은 급식이, 대학생은 학식이 막 그랬잖아."

"맞아, 생각난다."

엄마가 짝 박수를 치며 소리 내어 웃었다. 갑자기 화기애애한 분위기를 망치고 싶지 않았지만, 한울이 가만히 손을 들었다. 두 사람의 시선이 한곳으로 모였다.

"그런데 급식이 뭐야? 그거 수업 과목이야?"

몸을 뒤척이자 침대가 들썩였다. 셀프가 아닌, 현실의 아이들을 만나면 어떤 느낌일까? 아이들을 어떻게 대해야 할까? 답을 찾지 못한 질문이 꼬리를 문 뱀처럼 한자리를 맴돌았다.

이리저리 몸을 돌리던 한울이 자리에서 일어났다. 따듯한 물이라도 한잔 마시면 잠이 올까 싶었다. 삐거덕 방문을 여는데 주방에서 흐릿한 빛이 새어 나왔다.

"자다 깼어?"

아빠가 맥주 캔을 손에 쥔 채 어색하게 웃었다.

"혼자서 왜?"

한울이 식탁으로 다가섰다.

"그냥 너 학교 가는 거 얘기하다……. 엄마 먼저 잠들었어."

"걱정돼서?"

한울이 다시 물었다. 아빠가 맥주 캔을 만지작거렸다.

"걱정도 되고 이래저래. 너 개학하면 아빠 휴가 내려고."

"무슨 휴가씩이나. 나 아빠가 일하는 호텔로 가는 거야?"

"최소 2, 3일간은 아빠가 등교하는 것 도와줘야지. 너 혼자 경험도 없잖아. 학교에서 급하게 연락 올 수도 있고. 다른 부모도 휴가니 월차니 많이 쓸 거야."

너는 괜찮아? 묻는 아빠에게 한울은 침묵했다. 어떻게 대답해야 할지 머릿속이 복잡했다. 괜찮은 척 괜한 연극은 싫었다. 늦은 밤까지 잠들지 못한 것으로 답은 충분했다.

"진짜 학교에 가야 한다는 게 이상해. 셀프가 아닌 내가 직접 수업을 들어야 한다잖아."

"셀프 캐릭터가 바로 이한울 너야. 네가 움직여야 셀프도 움직이고 네가 말을 해야 셀프도 말을 하잖아."

"하지만 나는 셀프에 익숙해져 왔어. 반 아이들도 선생님도 모두 셀프 캐릭터의 모습이라고. 만약 진짜 현실 학교를 가게 되면, 나는 완전히 낯선 공간에서 낯선 아이들과 있는 거야."

"마루도 있잖아. 페이스 투 페이스 친구도 있잖아."

"페페는 고작해야 두세 명이야. 페페가 없는 애들도 많아."

한 번도 상상하지 못했다. 가상 세계가 아닌, 진짜 교복을 입고 학교에 가게 될 날이 오리라고는. 셀프가 아닌, 진짜의 모습으로 아이들을 만나리라고는 생각지 못했다.

"아마 다른 아이들도 나랑 비슷할 거야."

"……."

"학교 가기가 무섭고 두려워."

두 사람 사이에 짧은 침묵이 내려앉았다. 코끝으로 싸한 알코올 냄새가 밀려들었다. 문득 진짜 학교로 등교해 아이들을 만나면 어떤 냄새를 맡을 수 있을까 궁금해졌다. 가상 세계에서도 냄새는 맡을 수 있었다. 화학 실험도 하고 요리 수업도 있으니까. 메타버스 속에서 산책을 할 때면 사방에서 숲과 꽃의 향기가 날아들었다. 하지만 현실에서도 그런 향기가 느껴질지는 알 수 없었다. 더 진하거나 아니면 흐리거나, 오히려 아무 향기도 맡을 수 없지 않을까? 체육이 끝난 뒤 교실에서 풍겨 오는 그것과는 다른 어떤 것…….

"왜? 아이들이 진짜 모습에 실망할까 봐?"

그것도 생각해 볼 문제였다. 아무리 교칙 운운해도 셀프를 자신과 똑같이 만드는 애들은 없었다. 셀프가 상대의 본모습이다 믿는 애들도 없었다. 그러니 실망하고 말 것도 없다.

"그런 것보다는……."

한울이 슬쩍 아빠의 눈치를 살폈다.

"사람을 만나는 게 어색해."

악성 호흡기 바이러스가 전 세계를 집어삼켰다. 백

신과 치료제를 만들어도 늘 한시적이었다. 기다렸다는 듯 변종과 변이가 나타나니까. 바이러스와의 공생 시대는 오래전에 시작되었다. 미세 먼지의 피해도 점점 더 심해졌다. 사람들은 네트워크 안에 또 다른 지구를 설립했다. 가게 대부분이 무인 시스템으로 운영되었다. 물건들이 드론으로 배달되었다. 키오스크로 주문한 음식은 서빙봇이 내어 주었다. 친구들과는 셀프 캐릭터로 만났다. 가족을 제외한다면 직접 얼굴을 보며 이야기할 사람은 없었다. 사람이 매일같이 사람과 마주하는 세계는 현실이 아닌 영화에서나 가능해져 버렸다.

"어차피 우린 이미 무인도에 사는 거 아니야?"

태어날 때부터 무인도에 살게 된 존재들은, 인간이 북적이는 세상이 오히려 두렵지 않을까.

"나 진짜 학교 가면 든해 얼굴을 어떻게 보지?"

그 고민은 마루만의 문제가 아니었다. 진짜 아이들을 만난다 하니, 한울도 반에서 티격태격했던 몇몇 녀석이 떠올랐다. 오래전 고백했다가 거절당한 아이도 생각났다. 솔직히 셀프가 아니었다면 당당하게 마음을 밝힐 수 없었을 것이다. 그 생각이 들자 확 얼굴이 달아올랐다. 싸우고 화내며 고백까지 한 아이들을 진짜 페이스 투 페이스로 만난다고?

"마루랑 만날 때마다 부딪히는 녀석이 있어. 진짜 얼굴을 보면 어떻게 해야 하나 걱정이래. 사실 나도 그래. 늘 셀프로만 만났던 애들을 직접 보면 전처럼 편하게 대할 수 있을까?"

한울이 한숨과 함께 말을 이었다.

"사람을 직접 만난다는 게 이렇게 힘든 일인지 몰랐어. 이럴 줄 알았으면 괜히 놀리거나 별일 아닌 것에 짜증 내지 않았을 거야."

아빠의 손이 부스스한 한울의 머리를 어루만졌다.

"자연스러운 거야. 친구들끼리 다투기도 하고 의견 충돌도 있는 거잖아."

"셀프라서 가능하지."

아빠가 천천히 고개를 내저었다.

"아빠 어릴 적, 그러니까 현실에 학교가 있었을 때도 늘 친구들과 툭탁거렸어. 가끔은 주먹다짐도 했는데?"

"그거야…….."

아빠는 현실 세계에서 학교를 다녔으니까 가능한 일이었다. 프로그램 된 냄새가 아닌, 진짜 학교 냄새를 알고 있는 사람이니까.

그 순간 문득 학교에 사이버 테러를 한 아이가 떠올랐다.

'그래도 진짜 다친 사람은…….'

현실이라면 상상도 못 할 일이었다. 진짜 심장이 뛰고 피가 도는 사람을 대상으로 테러를 하다니. 한울이 고개를 내저으며 아빠에게 물었다.

"아빠는 어때? 엄마야 셀프로 일하니까 막말하고 시비 거는 무개념 고객들이 있는 거잖아. 아빠가 일하는 곳은 진짜 사람들이 서빙을 하고 직접 요리도 하니까 그런 손님들은 없지?"

아빠가 캔 맥주를 들이켜고는 충혈된 두 눈으로 마주했다. 과연 이야기해도 되는지 망설이는 아빠를 보며, 한울이 꿀꺽 마른침을 삼켰다.

"많지."

아빠가 후후 소리 내어 웃었다.

"정말? 상대가 셀프도 아닌 진짜 사람인데?"

"진짜 사람이니까 더 그렇지. 우리는 엄마 회사처럼 시스템이 자동으로 상대를 차단해 주지도 않거든."

선생님은 습관처럼 말했다. 셀프가 곧 사람이라고, 서로 존중하며 예의를 지켜야 한다고 했다. 하지만 셀프를 진짜 사람이라 생각하는 애들은 없었다. 잡티 하나 없는 얼굴에 크고 선명한 눈과 오뚝한 코, 도톰한 입술까지. 아무리 자신의 증명사진으로 꾸민다 해도, 셀프는 실제 인물과 큰 차이를 보였다. 때문에 그 누구도 셀프를 보며 실제 사람이라 믿지 않았다. 셀프는 심장이 없고, 피가 돌지 않으며, 얼굴에 여드름이 나지도 않고, 라면을 먹고 자도 전혀 붓지 않으니까.

게임을 하며 욕설을 내뱉고 화를 내는 것도, 상대를 진짜 사람이 아닌 가상 캐릭터로 보기 때문이다. 마루와 한울 그리고 아이들이 학교를 두려워하는 까닭 역시 이것이었다. 쉽게 놀리고 장난치며 마음을 고백했던 상대가, 피가 돌고 심장이 뛰는 실제의 모습으로 눈앞에 나타난다니. 생각만으로 손바닥에 땀이 났다.

"말도 안 돼. 셀프가 아닌 진짜 사람에게도 그렇게

막말을 할 수 있다고? 나는 절대 못 할 것 같은데."

셀프로 심하게 싸운 애들은 선생님이 TO로 부르겠다는 엄포를 놨다. 직접 얼굴 보고도 그렇게 싸울 수 있는지 해 보라는 뜻이었다. 한울이 알기에 지금까지 TO에서 상대를 마주한 녀석들은 없었다. 그건 아이들이 가장 두려워하는 벌칙이니까.

"그러고 보니 우리 때는 사람들이 여러모로 참 잔인했던 것 같아. 눈에 보이면 보이는 대로 힘들게 하고, 안 보이면 안 보이는 대로 잔인하게 대했으니까."

아빠의 입가에 힘없는 미소가 지나갔다.

"네 말대로 가상 캐릭터인 셀프도 아니었는데, 눈앞에 자신과 똑같은 사람이 있었는데, 어쩌면 그렇게 잔인하게 막말을 할 수 있고, 상대를 감정 없는 마네킹처럼 대했을까?"

그렇기에 게임 속이 아닌, 실제 전쟁이 일어났겠지. 게임 속 캐릭터가 아닌, 실제 사람들에게 총과 칼을 겨눴겠지. 셀프가 아닌 진짜 인간을 괴롭히고, 가상 세계가 아닌 실제에서 폭탄이 터지고 건물이 무너져 내렸겠지. 셀프 너머에 진짜 아이들이 있듯, 역사도 스크린이 아닌 실제로 발생된 일이었다.

"우리가 이렇게 가상 세계 속에서 살게 되고, 현실에서 학교가 사라진 것은 모두 생명을 쉽게 봤기 때문일 거다. 인간뿐만 아니라 지구상의 모든 생명 말이다."

아빠의 눈가가 붉게 충혈되어 갔다.

"아빠. 만약에 진짜 학교가 다시 생기면, 그땐 달라질까?"

셀프가 아닌 진짜 사람이라면, 섣불리 괴롭히지 않겠지. 쉽게 욕하거나 빈정거리지 않겠지. 실수를 해도 왈칵 짜증 내지 않고, 조금 늦더라도 기다려 주겠지. 상대는 가상 세계 속 캐릭터가 아니니까. 똑같은 인간이니까.

"그랬으면 좋겠다."

밤이 점점 더 깊어 갔다. 이제 몇 시간 후면 새벽이 밝아 올 것이다. 정말 학교를 가게 된다면 마루는 든해에게 먼저 사과를 해야겠지? 고백한 그 아이를 아무렇지 않게 다시 볼 수 없을 것이다. 셀프가 아닌 진짜 사람을 마주하고, 진짜 냄새를 맡고, 진짜 얼굴을 마주 보고 이야기를 나눈다면 과연 어떤 느낌일까?

어느 날 갑자기 현실 세계에서 학교가 사라져 버렸다. 그러나 아무도 예상치 못했다. 그러니 진짜 학교가, 진짜 학생들이 모이는 교실이 다시 활짝 문을 열 수 있을지는 누구도 장담할 수 없었다.

"정말 그랬으면 좋겠다. 제발."

아빠가 또다시 말했다. 두 사람이 마주한 현실 속 세상은 너무 조용했다. 생명이라고는 살지 않는 별처럼 깊은 고요 속으로 침잠해 들어갔다.

수록 작품 발표 지면

- 김화진 「우연한 작별」

  『A 군의 인생 대미지 보고서』, 창비교육, 2022년 6월

- 이꽃님 「에이저」

  『B612의 샘』, 창비교육, 2022년 6월

- 이희영 「페페」

  『페페』, 창비교육, 2022년 6월

- 조우리 「에버 어게인」

  『N분의 1을 위하여』, 창비교육, 2022년 10월

- 최진영 「휴일」

  『N분의 1을 위하여』, 창비교육, 2022년 10월

- 허진희 「너에게 맞는 속도」

  『B612의 샘』, 창비교육, 2022년 6월

우연한 작별

초판 1쇄 발행 2025년 12월 5일

지은이 • 김화진 이꽃님 이희영 조우리 최진영 허진희
펴낸이 • 황혜숙
편집 • 김미라
펴낸곳 • (주)창비교육
등록 • 2014년 6월 20일 제2014-000183호
주소 • 04004 서울특별시 마포구 월드컵로12길 7
전화 • 1833-7247
팩스 • 영업 070-4838-4938 | 편집 02-6949-0953
홈페이지 • www.changbiedu.com
전자우편 • contents@changbi.com

ⓒ 김화진 이꽃님 이희영 조우리 최진영 허진희 2025
ISBN   979-11-6570-386-8 03810

* 이 책 내용의 전부 또는 일부를 재사용하려면
  반드시 저작권자와 (주)창비교육 양측의 동의를 받아야 합니다.
* 책값은 뒤표지에 표시되어 있습니다.

책깃은 (주)창비교육의 브랜드입니다.